經典與解釋

中國傳統　經典與解釋

入其國，其教可知也……其爲人也：温柔敦厚而不愚，則深於《詩》者也；疏通知遠而不誣，則深於《書》者也；廣博易良而不奢，則深於《樂》者也；絜静精微而不賊，則深於《易》者也；恭儉莊敬而不煩，則深於《禮》者也；屬辭比事而不亂，則深於《春秋》者也。

——《禮記·經解》

中國傳統 經典與解釋
Classici et Commentarii

歷代詩經要籍叢刊

周春健 ● 主編

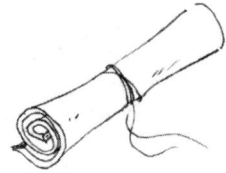

宋人經筵詩講義四種

［宋］張綱◎等撰
周春健◎校注

華夏出版社
HUAXIA PUBLISHING HOUSE

古典教育基金・"資龍"資助項目

"歷代詩經要籍叢刊"出版説明

《詩》居《六經》之首，爲"中華元典"之一，包孕著中華民族的諸多偉大精神。《詩》在西周初年即屬"王官之學"，經歷了子學時代尤其是儒家諸子德義化、倫理化的闡釋，至漢初重新回歸王官學地位，並對其後二千餘年的經學社會產生了深遠影響。因其特殊的存在和傳播形態（西周時代詩樂合一，隨周代禮樂制度的建立而興），《詩》在傳統社會的效用也是多方面的，既有文學的，又有政治的；既有上層的，又有民間的。尤其是對於世道人心的維持與貞定，更是發揮了獨特而持久的作用，《禮記·經解》所謂"溫柔敦厚，《詩》教也"，《毛詩序》所謂"經夫婦，成孝敬，厚人倫，美教化，移風俗"，良不誣也！

然而現代以來，受"五四"新文化運動尤其是"疑古辨僞"思潮影響，人們不再以經學的眼光審度《詩經》，而將其降爲史學乃至文學，試圖徹底摧毁經説。這一情形，直到近百年後的今天依然没有根本改變，文學角度的"就詩論詩"成爲認識和解説《詩經》的主流，這便没有把握住《詩》之所以爲"經"的本質。假如説"古史辨派"學者的態度尚有其"歷史正當性",且那一代學者古典學養深厚,明曉經學究竟為何物,但二十一世紀的時勢與"古史辨"時代迥乎不同,再沿老路走下去,勢必會造成現代與傳統的日益隔膜,甚至迷失思想的方向。由此說來,今日學人之首要任務,乃在於在匡正"五四"以來"反傳統"傾向的同時,補課古典學養,還經學以"清白"。對於《詩經》,則首先要從經學角度認真研讀《詩經》本文及相關注疏,弄懂《詩經》學的一些基本問題以及在古典時代"詩教義"究竟如何發揮,再審慎地對其展開揚棄。

鑒於此,我們從歷代《詩經》要籍中精心擇取數種,供給向學者研習,多數典籍此前未經系統整理。本叢書的整理方式為:繁體橫排,施加現代標點;不同版本間進行校勘;針對難解語詞、人物職官、典章制度、重要事件等作簡明注釋,疑難語詞必要時添加現代漢語拼音。注釋文字用小號字,正文原本之雙行小字改用單行小號字,外加括號,以與校注者文字區別。注釋採用隨文夾注形式,下注位置在語氣停頓有標點符號處,校勘記則以腳注形式列於當頁之下。

我們整理《詩經》要籍的目的在於:倡導一種尊重傳統、尊重歷史的學術風氣,"重啓古典詩學",使古老的經書在現代社會煥發其應有的作用。

古典文明研究工作坊
中國典籍編注部甲組
2013 年 10 月

目　　録

校注說明 …………………………………………… 1
一　張綱《經筵詩講義》二卷 ………………………… 1
　　1. 卷一 …………………………………………… 1
　　2. 卷二 …………………………………………… 17
二　張栻《詩講義》一卷 ……………………………… 33
三　袁燮《絜齋毛詩經筵講義》四卷 ………………… 41
　　1. 御製題《絜齋毛詩經筵講義》 …………………… 41
　　2. 目錄 …………………………………………… 42
　　3. 卷一 …………………………………………… 45
　　4. 卷二 …………………………………………… 69
　　5. 卷三 …………………………………………… 93
　　6. 卷四 …………………………………………… 119
　　7.《榕園叢書》本李光廷跋語 ………………… 140
四　徐鹿卿《詩講義》一卷 ………………………… 143

校注說明

時下境遇中究心古典,"經筵講義"是一個很好的視角。所謂"經筵",乃指古代專為帝王講論經史而特設的御前講席。因其聽講者身份的特殊,由之可以很好地窺測經學時代詩教義自上而下的發揮。鑒於此,今擇宋人《詩經》經筵講義四種,加以校注,以饗讀者。當然,對於這些講義中的思想意義,我們需要批判地接受。古為今用,去粗取精,是我們今天研習古典應持的態度。

1.《經筵詩講義》二卷,張綱(1083—1166)撰。綱字彥正,潤州丹陽(今江蘇鎮江)人,晚號"華陽老人"。入太學,以上舍及第,特除太學正,遷博士,除校書郎。建炎初除給事中,因與秦檜有隙,遂致仕。檜卒,召為吏部侍郎兼侍讀等職,位至參知政事,為官清正自守。孝宗乾道二年卒,年八十四。初謚"文定",後特賜"章簡"。《宋史》有傳。綱健於為文,有《華陽集》四十卷等傳世。《四庫總目》卷一五六所撰提要云:"詩文典雅麗則,講筵所進故事,因事納忠,亦皆剴切。至南宋之初，盡革紹述之弊。凡元祐諸臣之後，無不甄錄，轉相標榜。"足見其文影響之大。

《經筵詩講義》二卷收入張綱《華陽集》中，分別屬第二十四、二十五卷，為張綱任侍讀時為皇帝所陳《詩經》講稿。《宋史》本傳載："初講《詩·關雎》，因后妃淑女事，歷陳文王用人，寓意規戒。上曰：'久不聞博雅之言，今日所講，析理精詳，深啓朕心。'"據綱之行歷，"上"當為宋高宗趙構。

《華陽集》的傳世版本，主要有明萬曆本（《四部叢刊》三編以之為底本景印）、清鈔本（《宋集珍本叢刊》第38冊以之為底本景印）、文淵閣四庫全書本（集部第七十"別集類"三，簡稱四庫本）三種。清鈔本和四庫本皆源自萬曆本，清鈔本居四庫本之前，四庫本與萬曆本文字差別較大。茲以萬曆本為底本，參校清鈔本和四庫本，施以現代標點，並撰校勘記。因三種版本今日皆較常見，故為反映各本面貌，凡底本不誤而校本誤者，亦出校記羅列異同，以備參考。

2.《詩講義》一卷，張栻（1133—1180）撰。栻字敬夫，一字欽夫，又字樂齋，世稱"南軒先生"。漢州綿竹（今四川廣漢）人，後隨父遷於衡陽（今湖南衡陽）。中興名相張浚之子，幼承家學，既長學於五峰先生胡宏，究心程氏理學。曾經營岳麓書院，奠立湖湘學派規模。其學自成一派，與朱熹、呂祖謙並稱"東南三賢"。所著有《南軒易說》三卷、《論語解》十卷、《孟子說》七卷以及《南軒文集》四十四卷等。《詩講義》一卷今存於《南軒集》中（卷八），當為張栻在孝宗朝為皇帝進講之本，所講內容主要為《周南·葛覃》一篇。整理所據版本，為文淵閣四庫全書本。

3.《絜齋毛詩經筵講義》四卷，袁燮（1144—1224）撰。袁燮字和叔，慶元府鄞縣（今浙江寧波）人。浙東理學家，曾任樞密院編修官、國子祭酒，官至禮部侍郎兼侍讀。學於呂祖謙、陸九齡、陸九淵諸家，為學"言有繩矩"（清人全祖望語），學者稱"絜齋先生"，諡"正獻"。《宋史》有傳，《宋元學案》卷七十五闢有《絜齋學案》。著有《絜齋集》二十四卷、《絜齋毛詩經筵講義》四卷等。《絜齋毛詩經筵講義》的版本，有文淵閣四庫全書本、叢書集成初編本、榕園叢書本、四明叢書以及清代浙江、福建等地翻刻的武英殿聚珍本等多種。茲以乾隆中浙江翻刻武英殿本為底本，參校四庫本、叢書集成初編本、榕園叢書本等，並補榕園叢書本跋語。

4.《詩講義》一卷，徐鹿卿（1170—1249）撰。鹿卿字德夫，號泉谷，隆興豐城（今江西豐城）人。博通經史，以文學名於鄉，累官至吏部侍郎，諡"清正"，《宋史》有傳。所著有《泉谷文集》、《鹽楮議政稿》、《歷官對越集》等，後人輯有《清正存稿》。徐氏《詩講義》一卷，今存於豫章叢書本（胡思敬輯本）《宋宗伯徐正公存稿》卷四，又存於文淵閣四庫全書本《清正存稿》卷四，包含進講之辭七篇。此次整理，乃以豫章叢書本為底本，校以四庫本，並出校記。

在蒐集資料過程中，曾經得到北京大學古文獻中心吳國武先生的指點與幫助；初稿完成後，在研究生課上又承蒙黃少微、黃冠凱、黃星星、于思斯、龍進、吳國龍、林曉媚、王志俊、江宏澤諸弟提出了許多寶貴意見，最後又請黃少微、仝廣秀同學通讀一過，減少了一些錯誤，在此謹致謝忱！

因本人水平有限，校注工作雖已竭力為之，但仍常有舉鼎絕臏之懼，戰戰兢兢，如履薄冰，謹望方家有以教正之！

周春健
2014 年 6 月於廣州

一　張綱《經筵詩講義》二卷

卷　一①

故《詩》有六義焉：一曰風，二曰賦，三曰比，四曰興，五曰雅，六曰頌。詩之六義，唐人孔穎達有"三體三用"之說，孔氏《毛詩正義》②云："風、雅、頌者，詩篇之異體；賦、比、興者，詩文之異辭耳。大小不同，而得並為六義者，賦、比、興是詩之所用，風、雅、頌是詩之成形，用彼三事，成此三事，是故同稱為義，非別有篇卷也。"

臣聞：聲詩之作_{聲詩：指樂歌}，本乎民情之自然，其

---

① 此卷名為點校者所加，下"卷二"同。卷一所講對象，皆出《毛詩》"大序"。《大序》及下文詩篇原文，皆為仿體字，以與撰者講解文字區別。
② 以下簡稱《孔疏》。

所歷非一時，所述非一事，所出非一人，故衆體並列眾體：詩之各種體裁，咸有攸當皆有所當，皆有其適宜之處。方其作之也，志各有為言作詩之志各有分別，故賦、比、興之旨分焉；及其序之也，事各有本，故風、雅、頌之名別焉。詩人之言，顧豈一端而已？顧豈：難道。或美或刺，或規或諷規：規諫。諷：諷諭，苟可以直言而無害，則鋪陳其事而賦之；若其避諛佞之嫌諛佞(yúnìng)：奉承獻媚，畏指斥之過，必將引類以寓意引類：援引同類。寓意：寄寓意旨，則取象於物而比之比：比喻，比擬；至於耳聞目見，有以動蕩其心志而不能自已謂無法控制自己，則又感發於所寓之時，而謂之興。此賦、比、興之辨也。若夫採於國史國之史官，播在樂章播：謂配樂以廣傳揚，其述諸侯之事而止於一國，則列而為風①；言天子之政而及於天下，則列而為雅；形容盛德之美形容：形狀容貌。盛德：盛美之德，成功以告於神明成功：《孔疏》以為"天子營造之功畢也"，則列而為頌《毛詩序》原文作："頌者，美盛德之形容，以其成功告於神明者也"。此風、雅、頌之辨也。然而論《詩》之旨莫先於風，風之所言，賦也、比也、興也互見而兼備焉，故"一曰

---

① "風"，萬曆本、清鈔本作"諷"，誤，據四庫本改。

風"，而繼之以"二曰賦，三曰比，四曰興"。積風而為雅，積雅而為頌，故"五曰雅，六曰頌"。《周官》"太師教六詩太師：周代樂官之長，掌教詩樂"，考其先後，亦同乎六義之序。《周禮·春官·太師》云："太師教六詩：曰風，曰賦，曰比，曰興，曰雅，曰頌。"

上以風化下風化：風動教化，下以風刺上風刺：諷喻箴刺，主文而譎諫意謂講究聲音文辭，做到委婉諷諫。《毛傳》云："主文，主與樂之宮商相應也。譎諫，詠歌依違，不直諫。"《孔疏》云："其作詩也，本心主意，使合於宮商相應之文，播之於樂，而依違譎諫，不直言君之過失"，言之者無罪，聞之者足以戒以為鑒戒，故曰風。至於王道衰至於：謂從盛而至於衰，禮義廢，政教失，國異政，家殊俗家：謂天下民家，非大夫稱家也，而變風變雅作矣。變風變雅：指作於政治衰敗時期的詩篇，相對於作於政治清明時期的"正風正雅"而言。《孔疏》云："詩之風雅，有正有變，故又言變之意。至於王道衰，禮義廢而不行，政教施之失所，遂使諸侯國異政，下民家家殊俗。詩人見善則美，見惡則刺之，而變風、變雅作矣。"

臣聞：《詩》之為風，政教之本也政教：政制與教化。上以是而化其下，無非躬行之德躬行：親身實踐；下以是而諷其上，無非愛君之誠。是二者皆有巽人之道巽

（xùn）：卑順，謙遜，孔穎達《周易正義》云："上下皆巽，不爲違逆。君唱臣和，教令乃行。"而不見於形迹，故曰"上以風化下，下以風刺上"。夫禮有五諫五種進諫方式，《後漢书·李云傳論》："禮有五諫，諷爲上。"唐人李賢注云："諷諫者，知患禍之萌而諷告也。順諫者，出辭遜順，不逆君心也。闚諫者，視君顔色而諫也。指諫者，質指其事而諫也。陷諫者，言國之害，忘生爲君也"，而莫善於諷①，聖人樂於聞②過，必使瞽爲詩瞽（gǔ）：盲人。因盲人目盲耳聰，古時常爲樂官，工誦箴工：指樂工。箴（zhēn）：文體的一種，不同於詩，以規勸告誡爲主。然則詩之爲諫，諷諫之謂也。主於文則叙其情而不至於訐訐（jié）：揭發別人的隱私，名以譎則陳其事而不斥以正。夫如是，則無拂心逆指之辭拂心逆指：違逆心意，言之者安所加其罪？得將順救正之道將順：順勢促成。救正：匡正，匡救。《孝經·事君》云："將順其美，匡救其惡，故上下能相親也"，聞之者豈不知所戒？故曰"主文而譎諫，言之者無罪，聞之者足以戒"。夫天之有風，披拂於萬物之上披拂：吹拂，飄動，而其功密庸③暗中顯現功效，《詩》之溫④柔篤厚猶"溫柔敦厚"，顏色溫柔，性情敦

---

① "諷"，四庫本作"風"。
② "聞"，萬曆本作"文"，誤，據清鈔本、四庫本改。
③ "密庸"，四庫本作"微密"。
④ "溫"，萬曆本、清鈔本作"濕"，誤，據四庫本改。

厚，而所以感動於人者似之，故序《詩》者言《詩》之功用，必繼①之以"故曰風"。至主②于"王道衰，禮義廢，政教失，國異政，家殊俗"，則文、武、成、康之澤微矣_{文、武、成、康：西周文王、武王、成王、康王，皆被後世視為聖明君主}，天下之人不復見先王之治，乃發其憂思感傷之心，而變風變雅於是乎作。辭雖已變，而所以述作之意，依違諷諫_{依違：依順，不直言}，於治道猶有補焉_{治道：謂治國之道}，此叙《詩》者所以取之而不棄也_{敘：同"序"}。

國史明乎得失之迹，傷人倫之廢，哀刑政之苛_{刑政：刑法政令。苛：嚴厲，狠虐}，吟詠情性，以風其上，達於事變而懷其舊俗者也。

臣竊謂：此言變詩之所由作也。孔子曰："文勝質則史。"_{語出《論語·雍也》，意謂文飾勝過了質樸就會顯得虛浮。}朱熹《論語集注》云："史，掌文書，多聞習事，而誠或不足也。"先儒以謂苟能制作文章，亦可謂之史。然則國史，國人之文

---

① "繼"，四庫本作"先"。
② 四庫本"至"下無"主"字，或為衍字。

勝者是也。惟其文勝,故多識前言往行而明乎得失之迹前言往行:指前代聖賢的言行。故感於平世而政用和①平世:太平之世。政用:執政,行政。和:和緩,感於衰世而諷刺之意不能自已。今夫人倫廢則五品不遜五品:又稱"五常",指親友間義、慈、友、恭、孝的五種倫常道德。不遜:不順,自一家而推之國②者,失其序矣;刑政苛則百姓不親,自一國而達③之天下者,失其理矣。人倫失其序,刑政失其理,此詩人所以動其哀傷之情也。然百姓之不親,未若五品之不遜,故傷之,為義有甚于哀。詩人遭時如此,而概以古今得失之迹概:通"慨",感慨,則吟詠性情以風其上,不亦宜乎?所以風其上者,則以達於事變而懷其舊俗故也達於事變:明達於世事變化。懷其舊俗:懷念舊時風俗。且唐之風舊矣唐:周代國名,地在今山西太原一帶。周成王曾封其弟姬叔虞於唐,因唐地有晉水,後來國號遂改為晉,其後變而為晉;邶、鄘之國舊矣邶、鄘:皆古國名,武王克商後,分殷之舊都朝歌以北之地為邶,以南為鄘,以東為衛,分別由武王之弟霍叔、蔡叔、管叔管理,史稱"三

---

① "平世而政用和",萬曆本、清鈔本作"乎得失之跡故",或為抄寫之誤,據四庫本改。

② "國",萬曆本、清鈔本作"家",誤,據四庫本改。

③ "達",四庫本作"推"。

監",其後變而為衛"三監之亂"爆發後,周公將朝歌及邶、鄘、衛四地合為一國,稱"衛",故邶、鄘、衛皆屬衛。詩人當晉、衛之世,發于吟詠發:感發,雖述一時之事,而憂思感傷,猶不忘其本。故晉詩十二篇而特謂之唐,衛詩三十九篇而兼存邶、鄘之國,以此見詩人懷舊之心。發於辭氣必有以感動於人,所以能使序《詩》者述其本意而不敢沒其實也沒:隱沒,隱藏。然達事變、懷舊俗,舉是二國之詩考於其他,可以類見矣類見:比類而見其他。

故變風發乎情,止乎禮義。發乎情,民之情①也;止乎禮義,先王之澤也。

臣竊謂:此言變詩之旨也。夫詩之為變,則以事有不得平者怫乎吾心怫(fú):違背,違逆,故作為箴規怨刺之言箴規:勸戒規諫,以發其憤憾②不洩之氣憤憾:憤恨。洩(xiè):發洩。夫如是,則宜有怒而溢惡、矯而過正者。然以詩辭考之,雖觸物寓意,所指不同,而要其終極

---

① "情",四庫本作"性"。
② "憤憾",四庫本作"感憤"。

要:審察,一歸於禮義而已一:皆,都。蓋人生而靜,乃天之性,感物而動,斯謂情。情雖出於性,其動於中也。物實有以感之,既感於物矣,非先王之澤薰陶漸漬①浸潤,感化,不忘於心,則吟詠以風②,其能止於禮義乎?今自《邶》、《鄘》而下百有餘篇,刺奢刺儉、刺貪刺虐《邶》、《鄘》以下風詩之毛詩小序,多有"刺時也"、"刺奔也"、"刺無禮也"之語,如此之類,皆變風也。然雖其間或出於婦人女子、小夫賤隸之所為小夫:平民百姓中的男性。賤隸:地位低下的役隸,是乃一時有激而云然有激:有所感觸,有所感發。其比興述作撰作,創作,優游而不迫優游:悠閒自得,返覆顛倒而不亂,孜孜焉若將救其時弊而反之於正者,得非禮義之教使之然歟?得非:莫非是。由是觀之,變風之詩雖不純乎文武之序純:純然,純粹。文武:周文王、周武王,西周王朝的開創者。序:通"緒",功業,功績,亦足見先王之澤,垂數百年猶未泯也垂:流傳。泯:泯滅,消失。

是以一國之事,繫一人之本,謂之風;言天下之事,形四方之風,謂之雅。雅者,正也,言王政之所由

---

① "漬",四庫本作"積",誤。
② "風",清鈔本作"諷"。

廢興也。政有小大，故有小雅焉，有大雅焉。頌者，美盛德之形容，以其成功告於神明者也。是謂四始，《詩》之至也。

臣以謂：此申言風、雅、頌之體①也。風猶天之風也，動於上而其下化之，如《關雎》之化行而公子信②厚化:教化。行:推行。信厚:誠實敦厚，《鵲巢》之功致而在位正直功:功效。致:到達，齊君好田而成馳逐之風田:田獵,打獵。《齊風·盧令》小序云:"刺荒也。襄公好田獵畢弋，而不脩民事，百姓苦之"，魏君儉嗇而變機巧之俗機巧:詭詐,有功利心。《魏風·葛屨》小序云:"刺褊也。魏地陿隘，其民機巧趨利，其君儉嗇褊急，而無德以將之"。若此之類，無非本於國君之躬行，故曰："一國之事，繫一人之本一人:作詩之人，謂之風。"雅者，正也，猶言王之政也。王畿雖止於千里王畿(jī):古指王城周圍千里的地域，而其政之所及，則侯、甸、男、衛指古代"九服"中的四服，九服指王畿以外的九等地區，《周禮·夏官·職方氏》云:"方千里曰王畿，其外方五百里曰侯服，又其外方五百里曰甸服，又其外方五百里曰男服……又其外方五百里曰衛服"，自東南西

---

① "體"，萬曆本、清鈔本作"休"，誤，據四庫本改。
② "信"，四庫本作"仁"。

北,皆其所經略經營治理,非如諸侯止於一國而已。是以雅之所言,皆天下之大,而四方之風於是乎觀焉。故曰:"言天下之事,形四方之風,謂之雅。"其言王政之所由廢興,則以雅有正變故也。文、武興而民好善,王政之所由興,正雅是也;幽、厲興而民好暴幽、厲:周幽王、周厲王,皆昏庸之君,王政之所由廢,變雅是也。若夫小大之辨,則隨其所主之意而已所主之意:謂意義所指。如《小雅》言飲食賓客、賞勞群臣之類,皆事之小者;如《大雅》言受命尊祖受命:謂受天之命而建立政權、致太平成福禄之類,皆事之大者。然則政有小大①,分為二雅宜矣。風也、雅也,國治之始也,及其告成功,則有頌焉。《周頌》、《商頌》殆四十篇殆:大概,皆所以言祭祀,猶今之樂章爾。事實而義明事實:事蹟真實,言簡而意足,以是而告於神明,可謂無愧辭矣愧辭:不真實的言辭。若乃《魯頌》,非為祭祝②設祭祝:祭祀祝禱,特以頌僖公之美而已僖公:春秋魯僖公,魯國第十八任君主,在位三十三年。德薄辭侈超過,視商周之作,不能無少貶③稍加貶抑。

---

① "小大",四庫本作"大小"。
② "祝",清鈔本、四庫本作"祀"。
③ 四庫本"貶"上無"少"字。

雖然,前乎商周,獨虞舜之載賡《尚書·益稷》篇記述舜和禹的談話,篇末云:"帝庸作歌曰……(皋陶)乃賡載歌曰:'元首明哉,股肱良哉,庶事康哉!'",五子之述戒《尚書》有《五子之歌》篇,記述夏啟之子太康的五個兄弟"述大禹之戒",對太康不重德行而失帝位的指責及怨恨,他詩未有聞也。孔子自衛反魯,然後刪《詩》,斷自周,始《國風》、《雅》、《頌》,方序而傳焉,謂之"四始",有以見後世之作詩者,皆權輿於此權輿:開始,開端,而莫之或先也。非獨莫之或先,而其述作之美,亦無以復加矣,故曰:"是謂四始,《詩》之至也。"

然則《關雎》、《麟趾》之化,王者之風,故繫之周公。南,言化自北而南也。《鵲巢》、《騶虞》之德,諸侯之風也,先王之所以教,故繫之召公。

臣竊謂:《二南》之詩,文王一人躬行之化教化,而特繫之二臣謂周公、召公,何也？文王三分天下有其二,以服事商①意謂文王盡臣道於商,則所居者諸侯之位也商紂時,文王姬昌曾任西伯侯,行仁政,諸侯多歸附之;受命作周而維

---

① "商",四庫本作"殷"。

新舊邦《大雅·文王》有云:"文王在上,於昭於天。周雖舊邦,其命維新",則所行者王者之道也。當是時,天下之人誦詠而歌舞之,述其事則有小大,感其化則有淺深。序《詩》者合《關雎》、《鵲巢》之風,皆以為王者之事而名之歟?無以見文王事商之心;皆以為諸侯之事而名之歟?則無以顯文王作周之德作周:創立周朝。故取其事之大而所感之深者,繫之周公周公旦,文王姬昌第四子,武王同母弟,輔佐成王制禮作樂,平定天下,亦為儒學先驅,謂之王者之風;事之小而所感之淺者,繫之召公文王第五子召公奭,曾輔佐武王滅商,封於燕,謂之諸侯之風。夫如是,然後可以備盡文王之道。蓋周公、召公分陝而治陝:地名,今河南陝縣,陝以東歸周公治理,謂之周南;陝以西歸召公治理,謂之召南,舉周、召舉:任用,則文王所治之地皆在是矣。周公聖人也,召公賢人也,以王者之風繫之聖人,以諸侯之風繫之賢人,理固然也。且《周南》之后妃,即《召南》之夫人也,而其見於詩者不能無異。蓋無嫉妬之心者《周南》也妬(dù):同"妒",《召南》則無嫉妬之行而已;男女正行①端正行為、婚姻以時者《周南》也以

---

① "正行",四庫本作"以正"。

時:按時,及時,《召南》則男女得以及時而已;勉以正者《周南》也,《召南》則勸以義而已勸:勸勉。類而推焉,自《關雎》至於《麟趾》《關雎》:《周南》首篇。《麟趾》:《周南》末篇,人之感化為甚深;自《鵲巢》至於《騶虞》《鵲巢》:《召南》首篇。《騶(zōu)虞》:《召南》末篇,人之感化為尚淺,序《詩》者不得不兼陳而備載之也。夫文王北居岐周地名,今陝西岐山縣境,周曾建國於此,而其化南被江漢被:延及。江漢:長江漢水流域,故曰"自北而南"。其曰"先王之所以教"者,指太王文王之祖古公亶父、王季而言也王季:文王之父季歷。文王始基言文王在西周創始之初的基業,實因於此,是乃諸侯之事,故特於《召南》言之。

《周南》、《召南》,正始之道規範初始的標準,王化之基王道教化的根基。

臣竊謂:王者之治莫大於人倫,而夫婦者,人倫之所造端也造端:開始,開端。文王受命作周,其治始於閨門而達之天下閨門:宮苑、內室之門,借指宮廷、家庭,於是人倫正而風化行風化:風教,風氣。此《二南》之詩所以為《國風》之首。在《易》之《家人》曰:"風自火出。"家人,風者化也。火者,取象於《離》,神所麗也麗:附麗,附著。化出於人,故能妙萬物而不見其迹。當文王之時,天下得於觀感觸目所見而引起感動,人倫以正,若出于性之所①自為者,豈有他哉!神而化之,自內而外,一本於自然而已。故《家人》之《彖②》曰《周易》當中斷卦之辭稱"彖(tuàn)":"夫夫③婦婦而家道正夫夫婦婦:謂丈夫妻子各安其分,各盡其職,正家而天下定矣。"然則序《詩》者以《周南》、《召南》為正始之道,王化之基,其知治之本歟!

是以《關雎》樂得淑女以配君子,憂在進賢,不淫其色。哀窈窕,思賢才,而無傷善之心也,是《關雎》之義焉。

臣聞:《詩》三百五篇,而《關雎》為之首。其所言乃后妃求淑女以配君子之事,而說者止稱其無妬忌之行,臣以謂此未足以盡《關雎》之義。蓋天子聽天下之外治聽:審察,治理。外治:政事,國事,與"內治"或"內職"相

---

① 四庫本"之"下無"所"字。
② "彖",四庫本作"象",誤。
③ "夫夫",清鈔本作"大大",誤。

對,故有三公古代中央最高官銜,周代以太師、太傅、太保為三公、九卿古代中央高級官職,周代以少師、少傅、少保、塚宰、司徒、宗伯、司馬、司寇、司空為九卿、二十七大夫古官職名,位於卿下士上、八十一元士天子之士為元士;后妃聽天下之內治,故有三夫人①天子之妾稱夫人、九嬪(pín)宮中女官,天子姬妾、二十七世婦宮中女官,掌管祭祀、賓客、喪紀之事、八十一御妻宮中女官,位在世婦之下,亦稱女御、御女。治外者莫急於人材,治內者求淑女以為助,固其理也。文王之所以興,周詩稱《棫樸》之官人《棫樸》(yùpǔ),《大雅》篇名,《毛詩序》云:"文王能官人也。"能官人,謂能恰當任用官職,《書》美五臣之迪教五臣:指虢叔、閎夭、散宜生、泰顛、南宮括,五人皆為文王之賢臣,事見《尚書·君奭》。迪教:宣揚教化,濟濟多士濟濟:形容眾多。語出《大雅·文王》,並列於疏附指親近君主、團結同僚的臣子、先後指在君主左右參謀政事的臣子、奔走一作"奔奏",指為君主奔走效力的臣子、禦侮之職禦侮:指能夠抵禦外侮的武將,固未始不以人材為先務。是以其化刑于寡妻刑:通"型",示範。寡妻:嫡妻,與庶妾相對,而后妃於是乎有《關雎》之德《孔疏》云:"德者,得也,自得於身,人行之總名。此篇(《關雎》)言后妃性行和諧,貞專化下,寤

---

① "夫人",萬曆本原作"大夫",誤,據清鈔本、四庫本改。

寐求賢,供奉職事,是后妃之德也"。觀其求淑女也,寤寐反側而不能自已寤寐(wùmèi):睡與醒,指日日夜夜、無時無刻,蓋以謂不如是不足以配文王而成內外之治。夫惟文王得多士而立政於外,后妃得淑女而輔佐於內,則自閨門而達之朝廷,宜無一事之不理,所以協濟大業而卜世卜年之永者卜世:占卜預測傳國的世數,亦泛指國運。卜年:指國運之年數。永:長久,其本實基於此。序《詩》者既論《詩》之大概,而卒舉后妃之德以明《關雎》之義,言后妃之於淑女,非特求之盡其勞,而以得之為可樂,故曰:"樂得淑女,以配君子。"凡女子矜其容色者必有忌心矜:自夸,自恃。容色:容貌顏色,能以進賢為憂,則以不淫其色故也淫:過分沉浸。不淫其色:謂不縱恣己色以求專寵,故曰:"憂在進賢,不淫其色。"且女子也,而或稱其淑,或稱其賢,或稱其才,蓋以其性之善則曰淑,以其行之美則曰賢,以其女功之事則曰才女功:舊謂婦女從事的紡織、刺繡等工作。性之善①,行之美,能於女功之事,是三者宜為人之所忌也。而后妃乃能去其忌心,方且憂其求之未得而不得進御於其君。猶以為未也,而又哀其

---

① "善",萬曆本、清鈔本作"美",誤,據四庫本改。

或在窈窕之中窈窕(yǎotiǎo):《毛傳》云:"幽閒也",思念而不忘,自非至誠接下而無傷善①之心接下:與下層之人交往。傷善:傷害善人、善道,何以及此？當是時,凡為淑女者,后妃皆得以用之,雖幽遠之地無遺才矣。周有亂臣十人亂臣:善於治國的臣子。《尚书·泰誓中》云:"予有亂臣十人,同心同德。"據孔安國《傳》,十人當指:周公旦、召公奭、太公望、畢公、榮公、太顛、閎夭、散宜生、南宮适、文母,而后妃與其一。觀夫閫內之政如此閫(kǔn):古代婦女居住的內室,則其助周家之治,信有力焉信:確實。宜乎！《關雎》之詩列為《二南》之首也。

卷 二

1.《關雎》②:

關關雎鳩,在河之洲。窈窕淑女,君子好逑。

臣以謂:此言淑女之德,宜為君子之配也。雎鳩

---

① "善",四庫本作"害"。
② 本卷五詩之標題,底本無,為點校者所加。

之為物雎鳩(jūjiū)：水鳥，生有定偶而不相亂，其性則摯而有別摯(zhì)：至也。雌雄雖情意深厚卻猶能自別，其聲則關關而和關關：擬聲詞，雌雄和鳴聲。有別而不失其和，淑女之況也況：比方，比擬。水中可居曰洲，而河又水之險者。"在河之洲"，則去人遠矣去：距離。淑女者，窈窕之況也。窈窕者，幽閒深遠之謂也。逑，匹也匹：配偶，伴侶。淑女雖在窈窕，而其德乃可以為君子之好匹，此后妃所以樂得也。說詩者以《大序》首言"《關雎》，后妃之德"，故以雎鳩為后妃之況。臣以文義考之，當況淑女而不當況后妃也。蓋所謂"《關雎》，后妃之德"者，《關雎》一篇之詩乃后妃之德耳。亦猶"《鵲巢》，夫人之德"，而詩乃以鵲巢比國君鵲巢：喜鵲之巢。鄭玄《毛詩箋》云："鵲之作巢，冬至架之，至春乃成，猶國君積行累功，故以興焉"，其所以為夫人之德者，亦《鵲巢》一篇之詩而已。舉《鵲巢》以證《關雎》，則《關雎》為淑女之況，義固曉然矣。

　　參差荇菜，左右流之。窈窕淑女，寤寐求之。求之不得，寤寐思服。悠哉悠哉，輾轉反側。

臣以謂：詩人欲述后妃求淑女之事，故于首章先言淑女有宜配君子之德，然後序后妃所以求之之意。夫澗溪沼沚之毛澗溪：山澗溪流。沼沚(zhǎozhǐ)：池塘，水坑。毛：草也，可薦於鬼神薦：進獻，則荇菜者荇(xìng)菜：多年生水生草本植物，嫩時可食，亦可入藥，供祭祀之物也。后妃之求淑女，在於協心以供祭祀協心：同心，齊心，故以荇菜言之。流，求也。其意若曰：荇菜之生，參差而不一參差(cēncī)：長短不齊貌，求之者當左右而無方，譬猶淑女之在下，窈窕而難見，求之者亦當寤寐而不已。然后妃之心猶以為未也，求而不得，則寤寐而至於思服服，思也。思服即思念。悠者，思之長也。輾轉反側者，卧而不周也。思服而至於輾轉反側不能安寢，則其求之可謂至矣。於此有以見后妃憂在進賢舉進賢者，出於至誠，有不能自已者。

參差荇菜，左右采之。窈窕淑女，琴瑟友之。參差荇菜，左右芼之。窈窕淑女，鐘鼓樂之。

臣以謂：此二章言后妃至誠，待淑女之心有加而無已也。芼之芼：音mào，為言擇也擇：擇取，揀擇，求而後采，采而後擇者，共荇菜之序也共:同"供"。序:次序。"寤寐求之"，然後"琴瑟友之"、"鐘鼓樂之"者，待淑女之序也。琴瑟，常御之樂也謂常用之禮樂，故《鹿鳴》燕群臣則曰"鼓瑟鼓琴"《鹿鳴》:《小雅》首篇，"四始"之一。燕:通"宴"，宴飲，宴請。鐘鼓，至大之樂也謂至爲盛大之禮樂，故《彤弓》饗諸侯則曰"鐘鼓既設"《彤弓》:《小雅》篇名。饗(xiǎng):以酒食招待客人。此蓋燕禮小而饗禮大燕禮:諸侯與卿大夫宴飲之禮。饗禮:周代聘禮待賓之禮中最隆重者，有太牢有酒，致肅敬，行九獻、七獻或五獻之禮，所用之樂亦從以異。今后妃之待淑女，始則欲以常御之樂友之，而通其交際之心交際:融合感通；終則欲以至大之樂樂之，而極其歡欣之意。此所謂至誠有加而無已也。且天子之於人材，不患其不能尊顯於朝廷之上患:憂慮，擔心，而常患其遺逸於下遺逸:遺棄不用。是以先王之治，於丘園巖谷之士尤加意焉丘園:家園，鄉村。巖谷:山谷。丘園巖谷指隱居偏遠之地。加意:特別注意。然則《關雎》之求淑女，每章必以"窈窕"爲言者，可見后妃進賢之志，首及於疎遠矣。此所以能輔佐文王而協成周家之治也。

2.《葛覃》：

《葛覃》，后妃之本也。后妃在父母家，則志在於女功之事，恭儉節用，服澣濯之衣，尊敬師傅，則可以歸安父母，化天下以婦道也。

臣聞：《禮》曰："甘受和 甜味可以接受而調和各種味道，白受采 白色可以接受而調和各種色彩。忠信之人，可以學禮。" 語出《禮記·禮器》蓋言其有本也。文王之化，刑于寡妻，而后妃所以能成《關雎》之德者，則以《葛覃》之本《孔疏》云："作《葛覃》詩者，言后妃之本性也。謂貞專節儉，自有性也"，有以受其化也。蓋后妃之賢出於天性，方其在父母家 方：當，在，志則在於女功之事。惟其志在女功之事，則知夫身所被服者 被(pī)服：穿著，穿戴，勤勞而不易得，故能恭儉節用，服澣濯之衣也 澣濯(huànzhuó)：洗滌。夫履后妃之位，則勢既尊矣；恭儉節用，服澣濯之衣，則德既成矣。然猶尊欽①師傅而不敢忽 尊欽：尊敬。師傅：即女師，古代貴族家庭教授子女以婦德、婦言、婦容、婦功。忽：懈

---

① "欽"，四庫本作"敬"。

怠,玩忽,則躬行於閨門者,豈復有過舉之累哉!過舉:錯誤行為。此其所以能歸安父母也歸安父母:出嫁女子回娘家省視父母。如上所陳,而卒至於歸安父母,此其所以能化天下以婦道也。《孟子》曰:"孰不為事?事:侍奉事親,事之本也。孰不為守?守身,守之本也。"語出《孟子·離婁上》《葛覃》之詩,事親守身之道備矣,故序《詩》者以為"后妃之本"。

葛之覃兮,施于中谷,維葉萋萋。黃鳥于飛,集于灌木,其鳴喈喈。

葛之覃兮,施于中谷,維葉莫莫。是刈是濩,為絺為綌,服之無斁。

臣以謂:此二章言后妃女功之志也。葛所以為絺綌葛:葛藤,蔓生纖維科植物,皮可織布。絺(chī):細葛布。綌(xì):粗葛布。,女功之末者。志在於葛,則絲枲可知矣絲枲(xǐ):生絲和麻,指繅絲績麻之事。"葛之覃兮覃:延長。一說為"蕈"字之省,蕈即藤。,施于中谷施(yì):蔓延,延伸。中谷:山谷之中,維葉萋萋茂盛貌",則葛方茂盛,未成之時也。"葛之覃兮,施于中谷,維葉莫莫茂盛而成熟貌",則葛已成就，可采之時也。后妃之於女功，志焉而不敢忘，故往來於中谷以觀葛之漸長而采之。方其初往也，葛茂盛而未成，但見黃鳥飛鳴于灌木之上，顏色之美，聲音之好，有可以悅其耳目。及其繼往也，葛成就而可采矣，於此無暇及於耳目之所聞見，唯知刈葛而濩之以為絺綌刈(yì)：收割。濩(huò)：煮，專心致志，服之而無厭斁焉厭斁(yì)：厭倦，厭棄。雖然，后妃，大邦之子也大邦：大國，豈其實然哉？實然：確實如此。詩人賦其意而已。

言告師氏，言告言歸。薄汙我私，薄澣我衣。害澣害否？歸寧父母。

臣以謂：此一章言后妃既嫁而歸寧父母也歸寧：意同"歸安"，回娘家探望父母。后妃之勢可以專矣①專：謂專擅，專有，及其歸寧，必先告於師氏義同"師傅"，此叙所謂尊欽②師傅。汙音wū，洗去污垢，煩撋之也煩撋(ruán)：搓揉，搓洗。澣音huàn，洗濯，濯之也。汙其燕居之服閑居之服，而

---

① "可以專矣"，四庫本作"可謂尊矣"。
② "欽"，四庫本作"敬"。

瀚其事宗廟舅姑之衣_{舅姑：指公婆}，在常人有不足道，唯后妃服之，則可謂恭儉之盛德。然其汙也瀚也，固非好潔其衣服，薄而已矣_{"薄"在詩中用為語首助詞，含勉力之意}。非止於薄而已也，又擇其何所當瀚，何所當否。然則后妃修飾其身如此，而歸于父母之家，父母之心有不寧者哉？_{寧：安寧，安定}。《斯干》之卒章_{《斯干》：《小雅》篇名，卒章云："乃生女子，載寢之地。載衣之裼，載弄之瓦。無非無儀，唯酒食是議，無父母詒罹"}，祝其女子無詒①罹於父母_{詒（yí）：通"貽"，留給。罹（lí）：憂愁}。觀后妃之歸寧，然後知其父母免於憂也。

3.《卷耳》：

《卷耳》，后妃之志也。又當輔佐君子，求賢審官，知臣下之勤勞。內有進賢之志，而無險詖私謁之心，朝夕思念，至於憂勤也。

臣竊觀《葛覃》之序，言"后妃在父母家，則志在

---

① "詒"，四庫本作"貽"。

於女功之事"，此則后妃之本志也。及其作合于周作合：指男女結為夫婦，而供內助之職供內助：指后妃對天子之輔佐幫助，則不特女功之事而已不特：不僅，不只。又當輔佐君子，求賢審官尋求賢能之才，考察提拔官吏，是以有《卷耳》之詩。蓋人君之治，無大於求賢審官者。誠能求賢以官①使之，審焉而勿忽輕慢，則眾職並舉，天下不足為矣。故后妃既求淑女以協成內治，而於輔佐君子，又必以求賢審官為先也。文王之時，群臣戮力以趨事戮力：勉力，並力。趨事：從事，后妃知其勤勞，是以欲燕勞之燕勞：設宴慰勞。而進其賢者，則非有險詖私謁之心也險詖（bì）：陰險邪僻。私謁：因私利而干謁請托。然求賢審官，文王之政，后妃唯當輔佐之，而不敢與其事焉與：參與，干預。有其志而不敢與其事，是以朝夕思念，至於憂勤而不釋憂勤：為國事而憂思勤勞。釋：釋懷，釋然。序《詩》者以為后妃之志又當如此，故以其詩次于《關雎》、《葛覃》之後也。

采采卷耳，不盈頃筐。嗟我懷人，寘彼周行。

---

① "官"，四庫本作"任"。

臣聞：卷耳又名蒼耳，一種草本植物，葉似鼠耳，種有小刺，易與衣物勾連，易得之菜也。頃筐，易盈之器也。夫采易得之菜以實易盈之器實：充實，填滿，又采采而不已，然且不能頓盈，況賢材之士為難得，百官之位為至衆，欲求難得之材以實至衆之位，可不思念之乎？此后妃所以有懷賢人之德，而欲寘之周行也寘：同"置"，放置。周行（háng）：周之列位，即朝廷諸臣。一說，大道。

陟彼崔嵬，我馬虺隤。我姑酌彼金罍，維以不永懷。

陟彼高岡，我馬玄黃。我姑酌彼兕觥，維以不永傷。

陟彼砠矣，我馬瘏矣，我僕痡矣，云何吁矣！

臣聞：崔嵬（cuīwéi），本指有石的土山，泛指高山，山之險也。虺隤（huītuí），疲勞致病貌，馬之病也。臣下之從征役者，陟山之險陟（zhì）：登，升，乘馬之病，可謂勤勞矣。后妃欲酌金罍之酒以勞之金罍（léi）：青銅制的酒器，上刻雲雷花紋。勞：慰勞，庶慰其永懷之心也永懷：深長憂思。山脊之岡,則其險甚於崔嵬;玄馬變黃玄:赤黑色,則其病甚於虺隤。山甚險而馬甚病,則勞之宜加厚,故欲酌罰爵以樂之罰爵:古代罰酒的酒器,《鄭箋》云:"饗燕所以有之者,禮自立司正之後,旅醻必有醉而失禮者,罰之亦所以為樂"。樂之以罰爵,則非止金罍而已。蓋人有甚勞,則其心必至於永傷猶"永懷",尤當有以慰之也。若夫山極險而謂之砠(jū),多土的石山,馬極病而謂之瘏(tú),病也,不特馬病,而僕且病僕:指駕車者,則臣下之勤勞至矣。如此乃不言酌酒以勞之,但吁嗟而已吁嗟(xūjiē):哀嘆,嘆息,何哉?蓋酒食者后妃之事也,爵賞者朝廷之政也爵賞:爵祿和賞賜。臣下之勤勞彌至,則報之在乎爵賞,而酒食有不足用焉。然朝廷之政,后妃所不敢與聞,此其所以吁嗟而已也。

4.《樛木》:

《樛木》,后妃逮下也。言能逮下,而無嫉妬之心焉。

南有樛木,葛藟纍之。樂只君子,福履綏之。

南有樛木，葛藟荒之。樂只君子，福履將之。

南有樛木，葛藟縈之。樂只君子，福履成之。

臣聞：后妃正位宮闈_{正位：主其位。宮闈：帝王後宮}，同體天王_{同體：一致，沒有區別。天王：天子}。顧夫人、嬪婦之屬_{顧：但是，然而}，貴賤之勢固有間矣_{間：差別}。惟貴賤之勢有間，故每以逮下為難_{逮下：恩惠及於下人}。《小星》言惠及下而曰"夫人無妒忌之行"_{《小星》：《召南》篇名}，《樛木》言逮下而曰"無嫉妒之心"_{樛(jiū)木：向下彎曲的樹木}。然則逮下之事，唯無妒忌者能之耳。木上竦曰喬_{上竦(sǒng)：向上高聳}，下曲曰樛。喬則與物絕，故曰："南有喬木，不可休息。"樛則與物接，故曰："南有樛木，葛藟纍之_{葛藟(gělěi)：蔓生植物，枝形似葛藤。纍(léi)：纏繞，攀援}。"葛藟，在下之物也，以木之樛，故得附麗以上_{附麗：附著，依附}，諭嬪婦之屬所處在下_{諭：比喻}，以后妃有逮下之德，故亦得進御於其君_{進御：為君王所御幸}。若是者，上恩達於下，下情通於上，閨門之內，不失其和矣。文王之治，始於憂勤_{為國事憂慮勤勞}，終於逸樂。后妃逮下而閨門以和，則內治成矣，文王安得而不樂哉？惟樂其內治之成，所以能安享福祿，故曰："樂只君子_{只：句中}

助詞，福履綏之福履：福祿，幸福。綏：安定。"臣嘗觀《易》之設卦，剛柔相雜而變生，故或吉或凶，相為倚伏，唯《謙》之為體《謙》：六十四卦之一，艮下坤上。《象》曰："地中有山，謙，君子以裒多益寡，稱物平施"。自卦、繇通"籀"，占卜的文辭、彖、象以至六爻之辭彖：《周易》中解釋卦象之辭。六爻：《周易》六十四卦中，每卦六畫，稱六爻，無一言及於凶咎悔吝凶咎：災殃。悔吝：災禍，以是知《謙》之為德，所以致和於天下，無往而不利。既無凶咎悔吝，則福隨之矣。夫逮下而無嫉妬之心，《謙》德也。以是而和其閨門，則其君子免於凶咎悔吝而安享福祿也，宜矣。"葛藟纍之"，則附麗以上而已；"荒之"，則又言其奄覆之也奄覆：掩蓋，覆蓋；"縈之"，則不止於奄覆，又旋繞之矣。"福履綏之"，不若"將之"之大將：扶助，"將之"不若"成之"之備成：成全，成就。詩人美其事有加而無已，故其言之序如此也。且《天保》之《序》《天保》：《小雅》篇名，言"君能下下以成其政"下下：意謂恩賜臣下，關懷臣下，而一篇之詩備述福祿之事，然則文王之治外，固已下下而致福祿矣。以此見《樛木》之逮下，乃所以化文王之德而輔佐之也。

5.《螽斯》：

《螽斯》，后妃子孫衆多也。言若螽斯不妬忌，則子孫衆多也。

螽斯羽，詵詵兮。宜爾子孫，振振兮！
螽斯羽，薨薨兮。宜爾子孫，繩繩兮！
螽斯羽，揖揖兮。宜爾子孫，蟄蟄兮！

臣聞：螽斯(zhōngsī)，蝗蟲類，又名斯螽、蚣蝑(gōngxū)，繁殖力強，蚣蝑也。鄭康成云 鄭玄(127—200)，字康成，東漢經學家，曾為毛亨《毛詩詁訓傳》作《箋》，稱《鄭箋》：" 凡物有陰陽情慾者，無不妬忌，唯蚣蝑不耳。" 然則螽斯於萬物中獨有不妬忌之性，且生子之多，故詩人取以為況。後之說詩者謂螽斯微物 細小的生物，性或難知，是以於此《序》不能無疑。臣竊嘗深求之：蓋上古穴居野處，日與鳥獸相親，故能畢知萬物之性 畢：全部，齊備。三代去古未遠 三代：指夏、商、周三朝，學者皆有師承，研窮物理尚皆精審，故其所言有後世不能及者。且《七月》詩言 " 斯螽動股"《七月》：《豳風》篇名，《詩經》中最有名的農事詩。動股：斯螽以翅膀摩擦發聲,古人誤以為以腿摩擦、"莎雞振羽"莎(suō)雞:蟲名,即紡織娘,以至歷紀在野、在宇、在戶之候歷紀:逐次紀錄。在野、在宇、在戶:《七月》第五章云:"七月在野,八月在宇,九月在戶,十月蟋蟀入我床下。"候:節候;《月令》言螳螂生、腐草化《禮記·月令》載"腐草化螢",謂腐草中生出螢火蟲,以至獺祭魚據說水獺(tǎ)常捕魚陳列水邊以待食,如陳物而祭、豺祭獸據說豺殺獸而圍,陳之如祭、鳩拂羽斑鳩揮動翅膀、虎始交老虎開始交配,皆非後人所嘗見而知者。然載在典籍,垂信萬世。由是觀之,螽斯之不妬忌,詩人必有以知其性矣,固無足疑也。詵詵(shēnshēn),生之多也;薨薨(hōnghōng),飛之多也;揖揖(jíjí),聚之多也。振振,言其性厚;繩繩,言其戒慎①;蟄蟄(zhézhé,一讀 zhízhí),言其和集。子孫衆多而不賢,則適足為患,故又及其賢德也。

---

① "慎",萬曆本及清鈔本均註明雙行小字"御名",今據四庫本及《毛傳》文字改。

二　張栻《詩講義》一卷

　　《二南》之詩，聖人示萬世以制治之本源_{制治：猶言統治}，乃三百六篇之綱要，如《易》之首《乾》、《坤》。然《葛覃》次於《關雎》，蓋述后妃雖貴不可忘其初，處宮室之中而思其在父母家之時，居富貴之位而念夫女工之勞_{女工：義同"女功"，古代女子從事的紡織刺繡等事}，感時撫事而因以起其歸寧之心思，其節儉敦本_{注重根本}，孝愛恭敬，薰然見乎其辭_{薰然：溫和貌，和順貌}，反復誦詠之，則可以得其趣矣。一章思夫在父母之時，方春_{正值春天}，葛延蔓于中谷，"維葉萋萋"然，其始茂也；黃鳥聚于麗木_{華美樹木}，"其鳴喈喈"然，其甚和也。誦此章，則一時景物如接吾耳目中矣。二章"維葉莫莫"，則是葛既成而可采之時也，於是言其刈穫之以為絺綌，如此服之無厭也，蓋躬其勤勞而享之則安耳。誦此章,則其教本之意可見矣。三章言其因是以思其父母,告師氏以言歸,汗治其燕私之服燕私:平日,平常,澣潔其朝見之衣,"害澣害否",言何者當澣,何者當否,治其衣服,蓋欲以歸寧父母也。誦此章,則其孝愛恭敬與夫節儉之意,又豈不薰然於言辭之表乎?古者雖后妃之貴,亦必立之師傅以詔之,故此詩言歸,必首以告師氏,而《左氏傳》亦謂"傅母不在傅母:即"師氏",宵不下堂"語當出《春秋穀梁傳·襄公三十年》,而非出《左氏傳》,則知師傅之職,所以朝夕輔導之也。法家拂士法家:守法度的功勳舊臣。拂(bì)士:拂,通"弼"。輔佐的賢士,非惟人主不可一日無,在后妃亦然。誠以人心易動,貴驕易溺,處其極而無所畏憚,則其可憂,將有不可勝言者不可勝言:說不盡。是以古之明君與其后妃,相與夙夜警戒而不敢少忽乎此也少忽:絲毫懈怠。臣嘗考周家建國,自后稷以農事為務后稷:周部族始祖,名棄,母為帝嚳元妃有邰氏之女姜嫄。后稷擅長稼穡,曾被堯舉為農師,後奉為農耕業的始祖,歷世相傳,其君子則重稼穡之事君子:此指一家之中主外之男子,其室家則躬織紝之勤室家:指妻子。織紝(zhīrèn):指織作布帛之事,相與咨嗟歎息,服習乎艱難服習:習慣,適應,詠歌其勞苦,此實王業之根本也王業:帝王基業。如周公之告成王，其見於《詩》有若《七月》_{有若：好比，比如}，皆言農桑之候也；其見於《書》有若《無逸》_{屬《尚書·周書》}，則欲其知稼穡之艱難，知小人之依也_{小人：此指小民，百姓。依：通"隱"，隱痛，苦衷。}臣以為帝王所傳心法之要端在乎此_{心法：指傳承授受的重要心得方法。要端：要點，要領。}夫治常生於敬謹_{恭敬謹慎}，而亂常起於驕肆_{驕縱放肆}，使為國者而每念乎稼穡之勞，而其后妃又不忘乎織紝之事，則心不存焉寡矣。何者其必嚴恭朝夕而不敢怠也？_{嚴恭：莊嚴恭敬。}其必懷保小民而不敢康也_{懷保：關懷撫養。康：享受安樂}，其必思天下之飢寒若己飢寒之也。是心常存，則驕矜放肆何自而生？豈非治之所由興也歟？美哉周之家法也！_{家法：謂治國之禮法傳統。}聖哲相繼固不待論，而其后妃之賢見於簡編_{串聯竹簡的帶子，指代書籍。}太王之妃則姜女也_{姜女：太姜，有台氏之女，文王姬昌祖母}，而文王之母則太任_{商朝末年貴族摯任氏之女。}妃則太姒(sì)，有莘氏之女，而武王之后又邑姜也_{邑姜：相傳為姜太公之女}，皆助其君子焦勞于内_{焦勞：焦慮煩勞}，以成風化之美。觀后妃，則太王、文、武之德可知矣。以此垂世，而其後世猶有若幽王者，惑褒姒而廢正后_{褒姒：周幽王之妃，原為棄嬰，長於褒國，幽王寵幸之。正后：指太子宜臼之母}

申后，以召犬戎之禍犬戎即獫狁，中國西北少數民族，活動於今陝西、甘肅一帶。幽王十一年（公元前771），申侯聯合犬戎部隊攻陷西周都城，幽王被殺於驪山腳下，西周滅亡。而詩人刺之曰："婦無公事句意為：婦人不該參與政事，休其蠶織句意為：她（指褒姒）卻不去從事蠶織勞作。"語出《大雅·瞻卬》蓋推其禍端，良由稼穡織紝之事不聞於耳良：誠然，不動於心，以至於此。故誦"服之無斁"之章，則知周之所以興；誦"休其蠶織"之章，則知周之所以衰。其得失所自，豈不較著乎？較著：明顯，顯著。以是意而考秦漢以下，其治亂成壞之源成壞：成敗，皆可見矣。

　　講畢，臣栻復進曰：臣觀三代令王賢明君主，必知稼穡之艱難；其后妃，必知織紝之勤勞。惟其身親之視民如傷形容帝王極其顧恤民眾勞苦，其心誠痛切也，後來只為不知艱難，故都不省察，但見目前一事之辦，一令之行，不知百姓流離困苦于下，所以漢唐妄為興作之君多在中葉中世，中期，良由不知艱難所致。周公作《七月》，反復只說農桑；作《無逸》，只說稼穡之艱難。要得成王胸中了然成王：周成王，武王之子，即位時年幼，得周公輔佐之，都知許多辛苦曲折，自然朝夕敬畏，惟恐失民心，下情通達，凡事不敢草草，其治所以安固長久。

天生民以立君,非欲其立乎民之上以自逸也自逸:自求安逸,蓋欲分付天之赤子而為之主赤子:比喻百姓,人民。人主不以此為職分職守之本分,以何為職分?人主不於此存心,於何所存心?若人主之心念念在民,惟恐傷之,則百姓之心自然親附如一體親附:親近依附。若在我者先散了此意思,與之不相管攝管轄統攝,則彼之心亦將泮渙而離矣泮(pàn)渙:融解,渙散,可不懼哉!自古帝王為治,皆本乎此。後世興利生事之臣興利生事:言主政者刻意有為,多生事端,先毀薄此論毀薄:詆毀,鄙薄,謂之陳腐,亦無怪其然。蓋須指此為陳腐,則彼興利生事之說方得而進。臣嘗譬之,飢必食穀粟,渴必飲水漿,此語似乎陳腐,然"飢須食穀粟、渴須飲水漿"不可易也。若以此為陳腐,却求吸風飲露之計,寧有是理?人主不可以不察。臣又嘗觀後世兩種議論,或云"小害無傷"言小害無關大局,無大損傷,或云"要得立事,擾人不奈何"言要處理政事,擾亂百姓是無可奈何的事。臣以為此等議論,乃壞國家元氣毒藥。上云王安石謂"人言不足卹"卹(xù):體恤,憂慮,所以誤國事,臣栻請破前此二者說。臣嘗為州郡備備:守備。言曾做地方官,見百姓利害。百姓甚易擾動,未論州郡所行,只如知縣妄行,出一文字，鄉間擾害百姓，有不可勝言者。何況以朝廷之勢臨之，若一事偶未審，草草行出，外間受害，又何可以數計？百姓被困毒被(pī)：遭遇,遭受，得聞於人主之前者有多少間隔？間隔：隔絕,阻斷。其受害已不少矣，然則豈可謂"小害無傷"？濟大事必以人心為本濟：成就，若未曾做得一毫，事先擾百姓，失却人心，是將立事根本自先壞矣，烏能立哉？然則豈可謂"要立事擾人不奈何"，人主又豈可不察？然而又有一等頹惰苟且之論頹惰(duò)：惰同"墮"。頹化墮落，借養民之說，却是要玩歲愒日愒：音kài。貪圖安逸,荒廢歲月，都無所為，此反害正論正確合理的言論。臣所論先王養民之政，蓋其所施行具有本末，先後正合，朝夕講究，以次行之，非是恬然不為恬(tián)然：安然,不在意。

臣栻又進曰：古人論治，如木之有根，如水之有源，言治外必先治內，言治國必先齊家，須是如此，方為善治。臣適論成周家法成周：指西周東都洛邑，常指代周公輔佐成王的興盛時代，自漢唐以來，家法之美無如我宋。臣嘗考四后之德四后：指前文所及姜女、太任、太姒、邑姜四人，其立甚正，終為宗廟社稷之福。光獻曹太后宋仁宗皇后曹氏，謚曰"慈聖光獻皇后"，方英宗之初，有功社稷（宣仁高太后,致元祐之治,號女主中堯舜;欽聖向太后,建中靖國之初,有功社稷);**欽慈孟太后**_{宋哲宗皇后孟氏,謚曰"昭慈聖獻皇后"},**靖康**_{北宋欽宗年號(1126—1127)}、**建炎**_{南宋高宗年號(1127—1130)}間,社稷之功又冠前古_{冠:超出}。以此知本朝之家法,何媿三代_{媿(kuì):古"愧"字,慚愧},實子孫萬世無窮之法。

三　袁燮《絜齋毛詩經筵講義》四卷

御製題《絜齋毛詩經筵講義》

講義要當重切磋，絜齋不事頌辭阿。
解經依注無為異，取古誡今有足多。
雅頌諸篇惜已失，風南數首出重羅。
黍離故國三致意，其奈屛王弗聽何。

乾隆乙未仲夏

目　　錄

卷一　詩序一,詩序二,卷耳
　　　樛木,螽斯,桃夭
　　　兔罝,芣苢,漢廣
　　　汝墳,采蘩,甘棠

卷二　行露,羔羊,殷其靁
　　　江有汜,何彼襛矣,騶虞
　　　柏舟,燕燕,日月
　　　終風,擊鼓,凱風

卷三　雄雉,谷風,式微
　　　旄丘,泉水,北門
　　　北風,干旄,考槃
　　　芄蘭,木瓜,黍離
　　　揚之水

卷四　羔裘,女曰雞鳴,山有扶蘇
　　　風雨,子衿,雞鳴
　　　還,甫田,猗嗟
　　　陟岵,伐檀,碩鼠

三　袁燮《絜齋毛詩經筵講義》四卷

臣等謹案:《絜齋毛詩經筵講義》,宋袁燮撰。燮字和叔,慶元府鄞縣人鄞縣,今屬浙江。絜齋,其自號也。登進士第,調江陰尉,歷官寶文閣直學士,諡正獻。事蹟詳具《宋史》本傳。燮素尚名節,學有體用,嘉猷讜論嘉猷(yóu):好的謀略或規劃。讜(dǎng)論:正直之言,無不卓然可紀。所著《文集》已經散佚,今從《永樂大典》中裒輯為二十四卷《永樂大典》:古代大型類書,明成祖永樂年間所編,清代撰修《四庫全書》時,諸多亡佚著作得以從中輯出。裒(póu)輯:收集輯錄,別著錄《集部》中。此書乃其為崇政殿說書時撰進之本,《宋史·藝文志》、馬端臨《通考》全稱為《文獻通考》,著名典章制度通史、朱彝尊《經義考》皆不列其目,惟《永樂大典》各韻經文之下頗載其文,蓋其失傳亦已久矣。宋代諸臣所作講章,如鄭朴《敷文書說》,朱震、范沖《左氏講義》,戴溪《春秋講義》,類多編輯單行,燮此書亦同其例。其中議論切實,和平通達,頗得風人本旨風人:指詩人。且宋自南渡以後公元1127年,徽、欽二帝為金人所俘,北宋滅亡,徽宗之弟趙構逃往南方,遷都臨安(今浙江杭州),建立南宋,史稱"南渡",國勢屢弱,君若臣皆懦怯偷安若:和,及,無肯志存遠略。而燮獨以振興恢復之事望其君,經幄敷陳經幄:猶"經筵",為皇帝所設御前講席。敷陳:鋪敘,論列,再三致意。如論《式微篇》《邶風》篇名，則極稱太王指周文王祖父古公亶父，率周部族由豳地遷於岐山，周由此轉為興盛、勾踐轉弱為彊勾踐：春秋時越國國君，臥薪嘗膽，終而滅吳，而貶黎侯無奮發之心黎侯：春秋時黎國國君，曾為狄人所逐，棄其國而寄寓於衛，不思返歸；論《揚之水篇》《王風》篇名，則謂平王柔弱為可憐平王：東周第一代天子，公元前770年至公元前720年在位；論《黍離篇》《王風》篇名，則直以汴京宗廟宮闕為言汴京：今河南開封，北宋都城，皆深有合于納約自牖之義納約自牖：牖(yǒu)，窗戶。通過透明的窗戶結納信約，引申為導人於善。昔人譏胡安國《春秋傳》意主復讎胡安國(1074—1138)，南宋經學家，湖湘學派創始人。所撰《春秋傳》成為後世科舉考試教材，影響甚大，割經義以從己說，而變則因經旨所有而推闡之，其發揮尤為平正。雖當時寧宗闇弱寧宗：南宋寧宗趙擴，1195年至1224年在位，不能因此感悟，而其拳拳忠藎之意拳拳：誠摯貌。忠藎：忠誠，亦良足尚也尚：推尚。謹以次編訂，釐為四卷釐(lí)：劃分，惟《雅》、《頌》諸篇講義，《永樂大典》原本失載，今無可考補，亦姑仍其缺焉。乾隆四十三年六月恭校上。

總纂官庶子(臣)陸錫熊

侍讀(臣)紀　昀

纂修官編修(臣)余　集

卷　一

詩序一

　　國史明乎得失之迹，傷人倫之廢，哀刑政之苛，吟咏情性以風其上，達于事變而懷其舊俗者也。故變風發乎情，止乎禮義。發乎情，民之性也；止乎禮義，先王之澤也。

　　臣觀先王盛時，禮樂教化薰蒸陶冶，人人有士君子之行。發而為詩，莫非性情之正，流風遺俗，久而不泯，雖更乎衰世而氣脈猶存。此變風之作所以皆止于禮義，而歸諸先王之澤也。《詩》三百篇，不為不多矣，而孔子蔽之以一言，曰"思無邪"思慮純正，沒有邪念。孔子語出《論語·為政》，蓋取其直己而發謂出於自身真情，粹然一出于正粹然：純正貌。風雅雖變而思之無邪，則一而已矣。夫寂然不動之謂性，有感而發之謂情。性無不善，則情亦無不善，厥名雖殊厥：其，其本則一。故孟子道"性善"，而又曰："乃若其情，則可以為善矣。"語出《孟子·告子上》《禮運》一篇《禮運》:《禮記》篇名,孔子之遺言也,謂喜、怒、哀、樂、愛、惡、欲是七情者,"弗學而能"。人之良能也良能:天賦之能,豈有不善者哉?《大序》之作《大序》:毛詩《關雎篇》前之大段文字,通常稱"詩大序",是先秦詩學理論的總結,其餘諸篇前之簡短解詩文字稱"詩小序",所以發揮詩人之蘊奧精深的涵義。既曰"吟詠情性",又曰"發乎情,民之性也"。合二者而一之,毫髮無差,豈非至粹至精,同此一源,不容以異觀耶?異觀:不同看待。《大序》所謂"禮義",即孔子所謂"無邪"也。詩人作之以風其上風:諷諫,太師采之以獻諸朝太師:古代樂官之長,掌管詩樂,以警君心,以觀民風,以察世變。一言一句,皆有補于治道。人君篤信力行,則可以立天下風化之本;公卿大夫精思熟講,則可以感人君心術之微。《詩》之功用如此。自王者之迹熄,而微言奧義于是遂絕《孟子·離婁下》云:"王者之跡熄而《詩》亡,《詩》亡然後《春秋》作。"謂周室衰微,政由方伯,公卿列士獻詩諷諫制度蕩然不存,諷諫勸正之辭不再被陳於王廷而走向衰亡。雖然,《詩》則亡矣,此情此性,古今無間沒有隔閡,沒有差別。有能求其端倪,得其精粹,挈斯世于禮義之域挈(qiè):提,持,而不失其情性之正,則吾之澤,即先王之澤也。

孔子刪《詩》,繫《豳》于變風之末十五國風中,周南、召南屬正風,其餘十三國風屬變風,次序為:邶風、鄘風、衛風、王風、鄭風、齊風、魏風、唐風、秦風、陳風、檜風、曹風、豳風,豳風處于最末,王通贊之曰:"言變之可正也。"語出《中說》卷四。王通(584—617),字仲淹,絳州龍門(今山西萬榮通化鎮)人,隋代經學家,著有《中說》等,門弟子私謚曰"文中子"。夫變可復正,則絕可復續矣,孰謂微言奧義終于泯滅哉?

詩序二

臣觀《大序》之作,既以風、賦、比、興、雅、頌為"六義",又以《國風》、《雅》、《頌》為"四始"。"義"云者,至理之所在;"始"云者,群言之首也。及觀《史記·孔子世家》,則以《關雎》為《風》始,《鹿鳴》為《小雅》始,《文王》為《大雅》始,《清廟》為《頌》始,與《大序》所言若不相合。意者,《國風》、《雅》、《頌》為三百五篇之綱領,而《關雎》、《鹿鳴》、《文王》、《清廟》為《國風》、《雅》、《頌》之綱領歟?皆群言之首也,故謂之"始"。《風》以一國言,《雅》以天下言。今言雅而曰"形四方之風",以其造端于上造端:開始,發端,形見于下,其大指則同也。政有興有廢,故雅有正有變。《雅》言王政之廢興，則《風》言侯國之得失，可推而知也。《頌》"告于神明"，指商、周言之。德言盛，功言成，巋然獨隆，王者之高致也高致：極致，最高程度。嗚呼！《國風》、《雅》、《頌》誠萬世人主之學，所以緝熙于光明謂漸積廣大以至於光明，豈可不服膺古訓，日進此道而深造夫古人之堂奧哉？堂奧：深處，喻指深奧的義理。知一國之風俗，其本在一身，則吾所以檢其身者當如何？表曲則影攲表：古代天文儀器圭表，為直立的標竿，用以測量日影的長度。攲（qī）：傾斜，源濁則流污。吾有所未至，則一國之俗皆將淪胥于惡矣淪胥：相率牽連，可不自警乎？等而上之，所關愈大。王政有廢興，乃四海九州治亂安危之所從出也，其又可忽乎？忽：輕慢，怠慢。兢兢業業，不敢荒寧荒廢懈怠，貪圖安逸，如朽索之馭用朽腐的繩索駕馭馬匹。《尚書·五子之歌》云："予臨兆民，懍乎若朽索之馭六馬。"後因以比喻臨事慮危，時存戒懼，如春冰之履踩在春冰之上。因春冰薄而易裂，多喻指身處危險境地，當時刻警懼。《尚書·君牙》云："心之憂危，若蹈虎尾，涉於春冰"，庶乎其可矣！若夫盛德成功，古人廣大之規模也。覆載如天地，照臨如日月，彼之功德如是，吾豈可因循苟且，僅為中常之主歟？中常：平庸，平常。此所謂龜鑑也龜鑑：亦作"龜鏡"，龜可卜吉凶，鏡能識美醜，比喻可供人學習的榜樣或引以為戒的教訓。有德斯有功，以《大學》觀之，心正意誠，德也；治國平天下，功也。本末一貫，非有二致。而後世止以戡難為功戡(kān)難：消彌禍亂，德不足者亦能厎一時之績厎(dǐ)：取得，獲得，于是乎判為兩途，失其指矣。《大序》合而言之，其知道之言乎！知道：通曉大道。嗚呼，王道之盛也，《雅》在王朝而侯國不得有《頌》；及其衰也，平王降為《國風》謂《王風》中《黍離》、《揚之水》諸篇，本為王室雅詩，因西周王室衰微而與諸侯風詩齊等。崔述《讀風偶識》所云："幽王昏暴，戎狄侵陵；平王播遷，家室飄蕩。"即指此也，而魯人頌僖公之美《魯頌》中《閟宮》、《泮宮》二篇皆歌頌魯僖公，因魯為侯國，不當有《頌》，此亦表明王室之衰。世變之推移如此，甚可畏也！人主觀此，盍亦知所警矣盍：何不。亦：助詞，無實義。

卷耳篇

采采卷耳，不盈頃筐。嗟我懷人，寘彼周行。

陟彼崔嵬，我馬虺隤。我姑酌彼金罍，維以不永懷。

陟彼高岡，我馬玄黃。我姑酌彼兕觥，維以不永傷。

陟彼砠矣,我馬瘏矣。我僕痡矣,云何吁矣。①

臣聞:志者,心之所期也。所期者如此,故所就亦如此_{就:趨向,趨就}。登高山者期至于頂,斯至之矣;涉巨川者期達于岸,斯達之矣。所期者大,則其規模亦大;所期者遠,則其謀慮亦遠。夫惟遠且大也,故謂之志。古之人君,恥以中常自處_{中常:平庸,一般},而必欲成大有為之事業,斯可謂人君之志也;古之后妃,不以小善自足,而必欲輔人君之所欲為,斯可謂后妃之志矣。夫惟天作之合_{上天所賜之婚配,喻極美滿之婚姻},同心協濟,所以德業巍巍,至于今仰之。卷耳者,可以為酒之物也;頃筐者,易盈之器也。易盈而不盈,其心固有在矣。臣下行役于外而后妃軫念于內_{軫(zhěn)念:憫惜顧念},故因卷耳之采而思酒醴之成,足充吾君勞賜之用,此是詩之所以作也。人之遠役必思其家,故謂之懷人,是人也,固嘗寘諸周行矣_{周行:指周代朝廷官位}。今其奉命而行,踰越險阻而馬至于虺隤_{(huītuí):因極度疲勞而致病},言其病也;玄馬色變而黃_{玄:黑中帶赤之色},

---

① 《詩經》原文為校注者所加,本書下同。

亦病也。馬病如此，人勞可知。酌以金罍青銅酒器，上刻雲雷花紋、兕觥（sìgōng），犀牛角製成或形似犀牛角的酒器，少解其懷傷之心，此所謂"體群臣"者也體：體恤。曰瘏曰痡瘏：音tú。痡：音pū。僕與馬俱病矣。蓋至于是，其勞益甚，復云何哉，惟有長吁而已。寫其勤勞嗟歎之狀，以著其思念賢者之心，何其所志之遠且大哉！夫臣下之勞，人君之所當念，后妃何預焉？預：干預，參與。今亦切切如是，無乃思出其位乎？無乃：莫非，恐怕是。思出其位：所思僭越，超越本位。曰：此則古之后妃所以過人也。凡人之情，朝夕思念，不出乎蕞爾蕞：音最。形容極其微小。形體之微，苟利于己，經之營之，無所不至，豈復為當世計乎？今也身居乎此，而念及于彼，慘怛嗟歎慘怛（cǎndá）：悲痛憂傷，惟恐無以慰賢者之心。夫賢士大夫，吾君所資以共治也。得賢則安，不得賢則危，利害相關如此，是乃后妃之所當念也，豈可謂出其位之思乎？唐長孫后每對太宗稱魏徵之直唐長孫后（601—636）：隋右驍衛將軍長孫晟之女，唐太宗皇后。魏徵（580—643）：字玄成，河北鉅鹿人，曾任諫議大夫、左光祿大夫，以直諫敢言著稱，以社稷臣名之，保護其賢，成太宗納諫之美。嗚呼，其有古后妃之遺風哉！

樛木篇

南有樛木,葛藟纍之。樂只君子,福履綏之。

南有樛木,葛藟荒之。樂只君子,福履將之。

南有樛木,葛藟縈之。樂只君子,福履成之。

臣聞:天下之患莫大于有己,有己之心勝,則待物之意薄。設藩籬,分畛域_{畛:音 zhěn。畛域:界限、範圍},截然判而為二,朝思夕慮,求足其欲,而自一身之外,莫之或恤矣,何其不仁哉!昔者孔子論為仁之道本于"克己"《論語·顏淵》載:"顏淵問仁。子曰:'克己復禮為仁。一日克己復禮,天下歸仁焉!為仁由己,而由人乎哉?'",蓋惟能克去己私,則物我渾融。他人之利害休戚,猶己之利害休戚也,是謂之仁。仁者,人心也。人之本心,豈有此疆爾界之別哉?"己欲立而立人,己欲達而達人"_{語出《論語·雍也》,今人楊伯峻譯曰:"自己要站得住,同時也使別人站得住;自己要事事行得通,同時也使別人事事行得通"},至公至平,本無間隔。后妃之能逮下,存此心而已矣。嘗觀世之好嫉妒者,惟小人與女子為甚。新或間舊_{言新人或離間舊人},則愛有所分,非己之利,則不得不多方以隔絕之，陰私險詖(bì)，陰險邪僻，其質相若，故嫉妒之心亦不謀而同爾。古之后妃豈其然哉？深宮之女，誰不欲進御于君？以己之心忖度他人，同此心也。"樛木"之喻，何其心之謙虛、量之廣大而己私之不立乎！木曲而下垂者曰"樛"，惟其下垂也，故葛藟得附託之，猶衆妾之託于后妃也。以此明逮下之義，豈不昭然哉？上恤其下，下親其上，閨門之間，雝雝如也雝雝：和洽貌，和樂貌。如：形容詞後綴，猶"然"，愉愉如也愉愉：和順貌，和悅貌，則君子之心安得不樂？君子之樂，君子之福也。自古享天之備福者，其惟君子乎！推所由來，亦由修身齊家克正其本而已。孟子曰："身不行道，不行于妻子。"語出《孟子·盡心下》，今人楊伯峻譯曰："本人不依道而行，道在妻子身上都行不通，〔更不要說對別人了〕。"表儀不正表儀：表率，儀範，人心不服，骨肉至親若仇敵，然終日戚戚憂傷貌，憂懼貌，不得須臾寧，何福之有？后妃之不妒忌，固盛德也。然刑于寡妻刑：通"型"，表率，楷則。謂為嫡妻作出榜樣。一說，以禮法對待嫡妻，其本固有在矣。君天下者，盍致思焉！盍：何不。

螽斯篇

螽斯羽，詵詵兮。宜爾子孫，振振兮。

螽斯羽，薨薨兮。宜爾子孫，繩繩兮。

螽斯羽，揖揖兮。宜爾子孫，蟄蟄兮。

臣聞：子孫衆多，人君莫大之福也。"則百斯男"語出《大雅·思齊》，則：必定。斯：語助詞。百男：謂生子衆多，"子孫千億"語出《大雅·假樂》，皆見于詩人之詠歌，則蕃衍之慶蕃衍：滋生繁殖，豈非人情之所甚欲哉？然后妃有妒忌之心，則衆妾絕貫魚之望貫魚：穿魚者個個相次，不得相越，以喻衆妾以次進御，亦難以覬其昌熾矣覬(jì)：希望，企圖。夫公足以勝私而不為私蔽，心足以御形而不為形役。惟恐吾君嗣續之不繁，而不暇為一身之計，此古之后妃所以卓然過人，而《螽斯》之詩所以作也。夫螽果何物耶？群飛害稼，《春秋》書之，以為災異，蓋蝗類也。而詩人何取焉？曰詩之託興，惟見其生育之蕃，有似乎子孫之衆爾。亦猶鴟鴞(chīxiāo)，貓頭鷹，雖非嘉祥祥瑞，而徹桑土于未雨徹：剝取。桑土：桑杜，桑根。《豳風·鴟鴞》云："迨天之未陰雨，徹彼桑土，綢繆牖戶"，得思患豫防之道豫防：猶"預防"，于是取之也。雖然，以螽斯興子孫則可，謂螽斯無妒忌心，則安得而知之？今此詩言"宜爾子孫"者至于三，是則后妃之心果能如是物之不妒，故其效驗如此也。蓋思而得之，凡物之以類相從，皆其心之和同無間，而群飛蔽天，則其尤者焉。和同如此，則不妒在其中矣。然物以類從，何可勝計，奚獨有取諸此？曰古之記者，謂螽斯一生九十九子，其繁滋也甚矣，他物雖以類從，而生育未必若螽斯。同類既衆而生育又不勝其多，則安得而不取之乎？嗚呼！人物之辨，古人甚嚴。昏而不明，所以為物；人心至靈，所以貴于群物也。然烏之反哺，獺之祭先，蟻之有君臣，皆有似乎人道，亦有放其良心而物之不若者，君子蓋深悲之。《大學》述"緜蠻黃鳥，止于丘隅"之詩《小雅·緜蠻》句。緜蠻：鳥鳴聲。丘隅：山坡彎曲處。而繫以孔子之言曰："可以人而不如鳥乎？"由是觀之，貴而為人，猶或妒忌者，可以人而不如螽斯乎？然則此詩之作，有助于風教多矣。

桃夭篇

桃之夭夭，灼灼其華。之子于歸，宜其室家。

桃之夭夭，有蕡其實。之子于歸，宜其家室。
桃之夭夭，其葉蓁蓁。之子于歸，宜其家人。

臣聞：詩人稱人情之相安者，未嘗不以"宜"言之。《假樂》之詩曰"宜民宜人"《假樂》：《大雅》篇名，取其人民之相安也。《魯頌》曰"宜大夫庶士"《閟宮》句，取士大夫之相安也。夫人情至于相安，則有和順而無乖戾（guāilì），乖悖違戾，粗暴凶橫，有歡娛而無怨讟（dú），怨恨誹謗，豈不甚可貴哉？今此詩曰"宜其室家"、"宜其家室"，則夫婦之間雝雝其和、交相親愛者至矣雝雝：猶"雍雍"，和洽貌。又曰"宜其家人"，則非獨夫婦也，闔門之內闔（hé）門：全家，長幼尊卑，無不犁然有當于心矣犁然：猶釋然，自得貌。婦人謂嫁曰"歸"。"桃之夭夭，灼灼其華"，謂仲春之月，婚姻之時也。女之始嫁，情意未洽，而宜家之效固已立應馬上有效驗，況于寖久乎？寖久：猶積久。既詠其華，又詠其實，又詠其葉，以明物物之可嘉也。以桃之可嘉媲德之可貴媲（pì）：比擬，周旋俯仰，無所不宜，此豈法嚴令具强之使然哉？法嚴令具：法律嚴明，政令齊備。風化之行，固有本之者矣。后妃無妒忌之行，閨門有肅雍之美，是非其本歟？惠及其下,衆妾序進_{按規定的等級次第升遷受寵},則內無怨女_{已到婚齡而未婚配的女子};化行于外,婚姻以時,則國無瘝民_{瘝(guān):亦作"鰥"。瘝民:鰥夫,老而無妻者。}此和氣洋溢,極治之時也_{極治:謂政治清明,社會升平},詩人安得不于一篇之中致其意歟?雖然,婚姻及時,後人知是者亦不少矣,而人情未免乖戾,罕以輯睦聞者_{輯睦:和睦},又何歟?曰:此所以有貴于風化也。先王之時,家道既正,教化流行,習俗淳美,涵濡于禮義之澤久矣_{涵濡:沉浸,滋潤}。"之子于歸",資性婉淑,足宜其家,風化使然也。非有先王修身正家之本,而獨以男女及時為貴,此乃不澄其源而欲清其流也,又豈能銷乖戾之習,而長輯睦之風哉?此詩三章,曾無一語及于后妃_{曾:乃,竟},而序《詩》者推而言之,蓋天下之事有可以法禁整齊者_{法禁:刑法和禁令},而風俗之美非法禁之所能致,要必基本所在,能用其力,故其感召如此。歸諸后妃,鉤深之論也_{鉤深:鉤取深奧之義。}嗚呼!后妃之賢否,風俗之美惡繫焉;吾身之修不修,后妃之賢否繫焉。君天下者,其可忽哉!

兔罝篇

肅肅兔罝,椓之丁丁。赳赳武夫,公侯干城。

肅肅兔罝,施于中逵。赳赳武夫,公侯好仇。

肅肅兔罝,施于中林。赳赳武夫,公侯腹心。

臣聞:賢人衆多,繫乎人君之一身。人君者,化育之所自出也。德有所未至,教有所未孚信服,無以陶冶斯世,皆入于禮義之域,則歸其責于君。而人君亦不敢辭其責,故曰"百姓有過,在予一人"語出《尚書·周書·泰誓中》。古之聖君知其然也,兢兢業業,不敢荒寧荒廢懈怠,貪圖安逸。惟人紀是修人紀:人之立身處世規範,惟民極是建民極:民眾遵循的法度。凡所以善其心者,無一日敢忘,要其效驗,必至于比屋可封比屋:家家戶戶。比屋可封謂上古之世教化遍及四海,家家都有德行,堪受旌表。後泛指風俗淳美,人人有士君子之行,始無愧于代天司牧之職司牧:管理,統治。其或未然,亦惟反身修德而已矣。"兔罝"者兔罝(jū,一讀jié):捕兔的網,設以掩兔掩:捕捉,賤者之役也。"丁丁(zhēngzhēng)"者,椓杙之聲也椓杙(zhuóyì):捶釘木椿。其役雖賤,其人甚武赳赳焉赳赳:威武雄健貌,有公侯干城之才干城:盾與城垣,比喻捍衛者,亦可謂難能矣。

又進于是，其可以密邇公侯密邇：貼近，靠近，故謂之"好仇仇：同"逑"，匹偶。好仇：好助手"，猶言善匹也。以密邇為未足，而有"腹心"之喻。即一身言之，耳目之視聽，手足之舉履，非不切也切：靠近，貼近；而又有切于此者，今曰可為"腹心"，則智慮之深長，操守之堅正，可仗以立國矣。嗚呼！貴而賢，賤而不肖，天下之常理也。賢者役人，不肖者役于人，亦天下之常勢也。兔罝之人執此賤役，教養之所不預關涉，賓興之所不及賓興：周代舉賢之法，謂鄉大夫自鄉小學薦舉賢能而賓禮之，以升入國學，宜其才質闇劣愚昧無能，不足與進于善也。而詩人所稱，乃真賢實能之任，曾謂是瑣瑣者足以當之乎？臣聞之教化之廢，推中人而墜于小人之域中人：常人；教化之興，引小人而納于君子之途。人心無常，惟上是聽，風行草偃倒伏，不約而從。后妃無妒忌之行，其本正矣。"一家仁，一國興仁；一家讓，一國興讓。"語出《大學》。此詩三章，皆以"肅肅"為稱肅肅：恭敬貌，故謂之"好德"。夫既惟德是好，則舉以當真賢實能之任，孰謂其不可乎？今而後知先王盛時，風化所及，莫非常人。吉士隨取而足吉士：猶賢人，有不可勝用者。正本之效固如是也，而後世每以乏賢為憂，亦豈無所自歟？序《詩》者曰："《關雎》之化行,則莫不好德。"觀其迹,若不相為謀,而心之感通,有必然者矣。君天下者,盍致思焉!

芣苢篇

采采芣苢,薄言采之。采采芣苢,薄言有之。
采采芣苢,薄言掇之。采采芣苢,薄言捋之。
采采芣苢,薄言袺之。采采芣苢,薄言襭之。

臣聞:《易》之《咸》曰："聖人感人心而天下和平。"《咸》卦為《周易》第三十一卦,咸者,感也,猶言"交感"、"感通"。所引句意為:聖人感化人心而帶來天下和平昌順。夫人心至于和平,則風俗粹美,不可以有加矣。無以感之,豈能臻此哉？臻:到達。然則何以感之？曰行遠自邇始邇:近也,治外自內始,未有其家不可教而能化行于他人者。故宮闈之邃,風化之樞機也樞機:樞紐,比喻事物的關鍵部分。后妃無妒忌之行,其心既和平矣;眾妾進御于君不復顧慮,則其心亦和且平矣。夫和平者,人之本心也。宮闈之內至和至平,皆以有子為樂,則風化所覃(tán),蔓延,延及,自近及遠,亦孰不以有子為樂哉？"芣苢"

者芣苢(fúyǐ):車前草,其籽可治婦女不孕與難產,宜子之藥也。"采采"者采采:采了又采,不一之辭也。"薄言有之"薄:發語詞,含勉力之意。言:語助詞,采而得之也。掇,拾也。捋(luō),取也。袺者袺:音jié,以衣貯之而執其衽也貯:盛放東西。衽:衣襟。襭者襭:音xié,以衣貯之而扱其衽于帶間也扱(chā):插。衽之可矣而復捋之,袺之可矣而復襭之,此心之切,惟恐其不多也。區區微物,以宜子之故,不憚勤勞,多方采取。詩人深探其心,而曲盡其形容之辭,若贅而非贅,愛其風化之美而不能自已也。夫丈夫生而願為之有室丈夫:指男子,女子生而願為之有家,人道之婚姻,專為嗣續①計耳嗣續:繁衍子孫。婦人無子,將焉用之?故有子之願尤為甚切。而世降俗薄,乃至有生子而不舉者舉:撫育,撫養,天性之愛滅絕無餘,何其與古人大相遠耶!蓋樂于有子,人之本心;有子不樂,非其本心然也。古人之心,至和至平,故惟恐乎嗣續之不蕃(fán),茂盛,興旺;後人之心不和不平,故反以生育為累爾。夫秉彝之初秉彝:秉持常道,均此一心,而習俗美惡不同如此,任風化之責者,

---

① "嗣續",原作"續嗣",據四庫本乙正。

當如之何哉？詩人觀夫芣苢之采，既為之三詠三歎，而序《詩》者則蔽以一言而曰"后妃之美"，蓋非后妃之賢得其本心，則必不能使當時之婦人，亦皆遂其本心也。尊卑上下皆不失其本心，可謂極盛之時矣。後之為妃者，要當以是為法。

漢廣篇

南有喬木，不可休息。漢有游女，不可求思。漢之廣矣，不可泳思。江之永矣，不可方思。

翹翹錯薪，言刈其楚。之子于歸，言秣其馬。漢之廣矣，不可泳思。江之永矣，不可方思。

翹翹錯薪，言刈其蔞。之子于歸，言秣其駒。漢之廣矣，不可泳思。江之永矣，不可方思。

臣聞：人生天地之間，所以超然獨貴于群物者，以存是心焉爾。心者，人之大本也。是心苟存，雖至微之人，足以取重于當世；是心不存，雖貴為王公，其又奚取焉？漢之游女_{漢：漢水，源出陝西，東流至湖北漢陽入長江}，可謂至微矣，能正固其守，而人皆愛之敬之，豈非此心之良，天所以與我者卓然不亂，故發形于外有足以感動物者歟？喬木者，其榦上竦，非有枝葉下垂可為庇蔭也，故不可休息。以女之弱譬木之喬，若非其倫矣言比喻不合倫類。然端方不撓之操似之端方：莊重正直。操：節操，此所以為古之賢女也。以喬木為未足，而復有江漢之喻。泳，潛行也。方，栰之小者也栰(fá)：竹排或木排。漢不可以潛行，江不可以栰濟，此女之不可求也。區區女子之微人，皆得以輕侮之。今乃如漢之廣，如江之永江：先秦漢語中多專指長江，不可褻瀆如此，豈不賢哉？心慕其賢，而于錯薪之中錯薪：雜亂的柴草，為之刈楚以秣其馬楚：荊楚，矮小叢生的灌木。秣(mò)：餵養，刈蔞以秣其駒蔞：生於水中的草，今名蔞蒿。一說，指蘆葦，致惓惓之意惓惓(quánquán)：懇切貌，庶其降以相從也。而終不可從，故江漢之喻復申言之。嗚呼！武夫勃然震怒無敢當者當：抵擋，而牽于利欲則撓而從之。今女子之所守，乃剛勁如是，有丈夫所不能為者丈夫：指男子。此無他，彼求諸外，所以似剛而非剛；此得之心，所以至柔而能剛也。夫莫剛于人心，嗟來之食，寧死而不受，非不愛身也，此心卓然而忘其為身也。江漢之游女可嘉可尚，惟此心之不昧爾。非盛德之君躬行于上，表正斯民表正：以身為表率而正之，皆有士君子之行，豈能臻此哉！彼習俗薄惡，男女淫奔，恬不知愧者，亦其君使然爾。然則人君之一身，誠風俗美惡之所自出歟？

汝墳篇

遵彼汝墳，伐其條枚。未見君子，惄如調飢。
遵彼汝墳，伐其條肄。既見君子，不我遐棄。
魴魚赬尾，王室如燬。雖則如燬，父母孔邇。

臣聞：臣之事君，猶子之事親也。子之心一于親而無他者，謂之孝；臣之心一于君而無他者，謂之忠。故《大雅》曰："上帝臨女，無貳爾心。"《大明》句，意謂上帝監視著你們，不要懷有二心。心一而不雜，凛凛乎如上帝之鑒臨審察，監視，豈敢有他哉？"汝墳"者，汝水之岸汝水：水名，源出河南天息山，東南注入淮河，其高如墳也。"條枚"者，枝與榦也。"調飢"調：音 zhāo，朝而未食，其餒最甚也餒（něi）：飢餓。"條肄"者，今年斬之而來歲復生之木也。夫行役于外，而妻躬采薪之勞，職當然也職：助詞，猶"當"、"尚"。念其良人而有如晨朝之飢良人：指丈夫，何其切哉！蓋至于踰年之後，而有"不我遐棄"之語，乃知其初念之至切者,憂其去而不復返也。古人奉君命而行,則不敢顧其身,履險犯難_{猶冒險},有死之道而不遑自恤者。以臣之事君大義所在,不可少虧也。向也憂其棄我_{向:過去,從前},今也喜其既見,上能承君命而下能保其身,則不棄我而死矣。此婦人之所以自慰也。遠役之苦,如彼魴魚至于尾赤,可謂勞矣;王室之威,如火烈烈,可謂酷矣。人情至此,不能不怨。然忠臣之心,其可怨乎?"父母孔邇",所以寬譬之也。紂雖酷虐_{紂:商紂,商末暴君},而西伯方行仁政_{西伯:周文王,商朝末年曾為西方諸侯之長,稱西伯},有父母之恩,可恃以安存也。嗚呼!天下之達道,人倫而已。人倫之外,焉有他道?勉勵其夫事君盡忠,則夫婦之道篤,而君臣之義亦隆矣。一詩之中,二美具焉,此所以為文王之化,行乎汝墳之國也。風化之美,陶冶薰蒸,能使為婦人者,此心昭然于義理如此,是之謂善化_{善於教化}。後之君天下者,可不鑒觀于此哉!

采蘩篇

  于以采蘩,于沼于沚。于以用之,公侯之事。

  于以采蘩,于澗之中。于以用之,公侯之宮。

被之僮僮,夙夜在公。被之祁祁,薄言還歸。

臣聞:祭祀之事,古人之所甚重也。人孰不奉祭祀?而可以奉祭祀者實難。是必洞洞屬屬_{混沌無形貌},精一不雜,有以契夫鬼神之心_{契:契合},則可以行此禮矣。邦君之配,國人所尊,謂之小君,其職甚不卑也。而所謂職者,非有他事,惟曰奉祭祀,是為稱職;不足以奉祭祀,則失其職矣。然則夫人者,可不職思其憂乎?蘩,皤蒿也_{即白蒿},所謂澗、溪、沼、沚之毛也_{澗、溪:皆小水溝。沼、沚:皆小池塘。毛:草也}。采而用之,有事乎太廟_{帝王的神廟},故曰"公侯之事"。又曰"公侯之宮",宮即廟也。物之可薦者亦多矣,不及其他而獨有取夫蘩_{白蒿,用來制養蠶的工具"箔"},豈不曰交乎神明者在誠而不在物歟?誠心不至,雖犧牲肥腯_{犧牲:供祭祀用的牲畜。肥腯:牲畜膘肥肉厚},粢盛豐備_{粢盛(zīchéng):盛在祭器內以供祭祀的穀物},神其吐之矣_{言不被神所接納}。"被之僮僮(tóngtóng),夙夜在公",被_{當時婦女一種用假髮編成的頭髻,首飾也};僮僮,竦敬之貌也。執蘩以助祭,而竦敬于宗廟之中,亦足以明此心之不放逸矣。雖然,當祭而致敬,祭畢而忘之,是誠心易衰也,又豈足為敬乎?"被之祁祁,薄言還歸",祁祁,舒遲也。《祭義》所謂"及祭之後,陶陶遂遂陶陶(yáoyáo):思之結於中。遂遂:思之達於外。形容孝子深深思念的神情,如將復入也如同親人將再次進入廟中的樣子"《祭義》:《禮記》篇名。不即安于私室,而猶遲遲其歸,心足以御其形,而不為形所役。心不懈則形不倦,故既祭之餘,無以異于承祭之時也。夫是之謂夫人之職,以祭祀為職,是以誠敬為本也。本立則衆美從之,豈不甚可貴歟?嗚呼!祭之明日,"明發不寐,有懷二人"《小雅‧小宛》句,意謂醒而難眠,懷念父母,古人純一不已之心,于是著見明顯表見。與夫斯須致敬而懈怠隨之斯須:須臾,片刻,固萬萬不侔矣侔(móu):齊等,相當。而《召南》之夫人,亦能用力于此。味"薄言還歸"之語,而想其中心之所存,純一而不雜,此所以無愧于幽明也。其亦國君躬行表正之明效歟?

甘棠篇

蔽芾甘棠,勿翦勿伐,召伯所茇。

蔽芾甘棠,勿翦勿敗,召伯所憩。

蔽芾甘棠,勿翦勿拜,召伯所説。

臣聞：人心未易感也，而感人之深者，其惟盛德之君子乎？《甘棠》之詩是已。蔽芾(fèi)，樹木高大茂密貌，言其盛也。茇(bá)，本義為草根，引申為草舍。此處用為動詞，《鄭箋》謂"止舍小棠之下"，草舍也。拜，謂屈而下之。說，猶舍也。或曰"說"本作"稅"，言其稅駕于茲也稅駕：解駕，停車。謂休息。人之為政，悅人心于一時者易，得人心于悠久者難。衣食之分人，乘輿之濟涉乘輿：坐車，非不悅也，而君子則曰"小惠未徧"語出《左傳·莊公十年》。徧：通"遍"，句意為：小的恩惠，不能使所有人得到，曰"惠而不知為政"語出《孟子·離婁下》，意謂實施小恩小惠，而並不懂得為政，淺狹如此，又安能使人悠久而不釋歟？召伯誠心愛民，不自隆貴，草居露宿，聽訟于甘棠之下聽訟：審理案件。甘棠：即棠梨，樹似梨而小，果實霜後可食。一名杜梨，未嘗任智術、要民譽也要(yāo)：求取。而當時愛慕之，後人追思之，見彼甘棠，以為所憩之地而相與共存之。不惟勿伐勿敗摧毀，雖屈而下之，亦所不忍，何其入人之深耶！意者悉其聰明悉：盡也，致其忠愛，斷其是非曲直，無毫髮之差，亦猶皋陶明刑皋陶(gāoyáo)：舜時賢臣，掌管司法刑獄，邁種厥德勉力樹德，而黎民懷之。凡形于聽訟者，皆是心也。心純乎天發，而為政皆與天合。以我之心，感民之心，民之不能忘，由我之不可忘也。周、召分陝而治，召伯之令名得與周公並傳，殆非偶然者。三復此詩，其得人心如此，豈不偉哉！後之號為能吏者，率以強敏相尚強敏：幹練，機敏，慘刻為賢慘刻：凶狠刻毒，民疾視之不暇疾視：猶言側目而視，形容又怕又恨，豈復有愛之久而不已者？由是觀之，人君之用人，當取夫材之足以集事者歟集事：成事，成功。抑取夫德之足以感人者歟？誦《甘棠》之詩，宜知所決擇矣。

卷　二

行露篇

厭浥行露，豈不夙夜？謂行多露。

誰謂雀無角，何以穿我屋？誰謂女無家，何以速我獄？雖速我獄，室家不足。

誰謂鼠無牙，何以穿我墉？誰謂女無家，何以速我訟？雖速我訟，亦不女從。

臣聞：莫難于聽訟。嚚訟之人嚚（yín）訟：姦詐而好爭訟，顛倒是非，變亂黑白，其情偽萬狀，若之何聽之？

然天下萬事不逃乎理，善聽訟者以理裁之，而孰能肆其欺乎？肆：任憑，縱恣。"厭浥"者，露濃之貌，所以不敢夜行者，畏露之濡其身也。女以貞信自守，惟恐少有點污，冰清玉潔，克保其身，豈容彊暴之男得以侵陵哉？明于聽訟者，視其貌，察其言，觀其理之然否，固知其大節之無虧矣。雀雖能穿屋，而雀實未嘗有角；鼠雖能穿墉（yōng），牆垣，而鼠實未嘗有牙。牙，牡齒也壯齒也，宋人陸佃《埤雅》云："鼠有齒而無牙"，鼠之所無，故借以為喻。此言女雖速于獄訟速：招致，而女實未嘗有室家之情也。不明者惑于形似，遂以為真。而明者觀之，知女之無邪，猶雀之無角、鼠之無牙也，豈可以穿墉之故而遂謂其真有角牙哉？曰"室家不足"，曰"亦不女從"，女子潔白之操，于是乎著見矣。《大學》傳曰："聽訟吾猶人也，必也使無訟乎！無情者不得盡其辭情：情實，理由，大畏民志民心。"《大學》傳之四章。夫惟是心清明，無隱不燭燭照，明察，能使巧偽無實者不肆其浮辭，此使民無訟之道也。召伯躬行此道，心無毫髮之私，臨民決訟，洞見肺肝，此所謂"明于南國"也。君天下者，得如斯人者而委任之，天下無冤民矣。嗚呼，偉哉！

羔羊篇

羔羊之皮,素絲五紽。退食自公,委蛇委蛇。

羔羊之革,素絲五緎。委蛇委蛇,自公退食。

羔羊之縫,素絲五總。委蛇委蛇,退食自公。

臣聞:人臣委質以事君_{委質:向君主獻禮,表示獻身。一說下拜,表恭敬承奉,}所食者君之祿也。然得之而由其道,居之而稱其職,無愧于此心,則雖官尊祿厚,食之安焉。反是,則不安矣。何者?"君子無終食之間違仁",苟非其道,無其功,而徒食其食,則其違仁也甚矣。嗟來之食,雖死不受,義重于死故也。此詩三章,皆以"退食自公"為言_{公:公門,為卿大夫治事之所},進而入于公朝_{猶言朝廷},有補于國;退而食于私家,無愧于心。"委蛇委蛇"者_{委蛇(yí):形容悠閒自得、走路搖擺的樣子,}此心無愧,所以舒泰而有餘裕也。羔,小羊也。素絲潔白的絲,所以英裘_{用白色絲帶裝飾衣縫的皮衣。}紽(tuó),數。緎,縫也。總,亦數也。曷為有取于羔羊?曰禽獸之食,不擇美惡,苟可以飽而已。不苟于食者,其為羊乎?人或踐之則不食,稍有塗污則不食,寧終日飢餓,而所不欲者終不可彊勉強。表裏莫不精潔,古人貴之,故取以為裘,而又英之以素絲,大夫服之以居。服其服而無愧心,則可以稱其服矣;食其食而不能如羔羊之精潔,將何以稱斯服乎? 序《詩》者曰:《鵲巢》之功至聖人之化至:通"致",始于閨門而達于朝廷,故在位者皆節儉而正直也。後之為人臣者誦此一詩,豈可不勵其精潔之操,而深以貪濁為戒? 君天下者觀此一詩,豈可不崇獎夫精潔之臣而屏去夫貪濁之吏哉?

殷其靁篇

　　殷其靁,在南山之陽。何斯違斯?莫敢或遑。振振君子,歸哉歸哉。

　　殷其靁,在南山之側。何斯違斯?莫敢遑息。振振君子,歸哉歸哉。

　　殷其靁,在南山之下。何斯違斯?莫或遑處。振振君子,歸哉歸哉。

　　臣聞:人與群物並生于天地之間,而人所以獨貴者,義在焉爾。義者,理之所當然也。人不知義,則

三　袁燮《絜齋毛詩經筵講義》四卷

無以異于群物，是以古人甚重之，一舉一錯通"措"，措置，放置，不敢違也。上以是化其下，下以是從其上，如好色惡臭之不可相亂，如東西南北之不可易位，始可謂知義矣。觀《殷其靁》之詩，何其明于君臣之義歟？殷，靁聲也。山南曰陽。"何斯"者，何人至于斯也。"違斯"者，離其所而行也。振振，信厚也。夫遠役于外而其婦思之，聞靁之發聲而知天之必雨，冒雨而行，不遑自恤未暇自顧，惟知君命之重，而忘其為己之勞，此所以為信厚君子也。非篤于君臣之義，其能若是乎？召南之大夫，賢于常人也遠矣。至于婦人女子，世所難化者難化：難以教化，亦明于斯義，豈不尤可貴歟？獨居于家，曾無怨辭曾：竟然，方且美其夫之信厚，而有"歸哉歸哉"之語。世俗之所謂"歸"者，夫婦共處，足以相歡也。而此詩所云非是之謂，奉命而行事，竟而返竟：完成，有以復命，斯其為歸也。美矣！此人臣事君之義也，可不勉乎？好逸惡勞，人之常情也；男女相悅，亦人之情也。今其為夫者知君之為尊，而不知為勞；為婦者能勉夫以義，而忘其為悅。君君臣臣，夫夫婦婦，一詩之中，燦然著見焉。此所以為治，古之盛也。嗚呼休哉！

江有汜篇

江有汜,之子歸,不我以。不我以,其後也悔。

江有渚,之子歸,不我與。不我與,其後也處。

江有沱,之子歸,不我過。不我過,其嘯也歌。

臣觀《小星》、《江有汜》二詩,雖所遇不齊,然其以心感心則一也。《小星》之夫人,無妒忌之行,加惠于妾媵_{妾:舊時男子之側室。媵(yìng):古代諸侯貴族女子出嫁,以姪娣從嫁,稱媵。後因以"妾媵"泛指侍妾},故為妾者感之,安于定分_{確定的名分},而夫人之善益彰。《江有汜》之媵,事忌克之嫡_{忌克:亦作"忌刻",為人妒忌刻薄。嫡:正妻},雖勞而不怨,故為嫡者感之,悔其前非,而媵之美益顯。然則人心未有不可感發者。曰汜(sì)、曰渚、曰沱,皆江之支流也,決復入者爲汜,岐而成者為渚,鄭氏《箋》云爾。而《爾雅》"水自江出者為沱"_{語出《釋水》篇},江以喻嫡也,汜、渚與沱以喻媵也。"之子"指嫡而言,"歸"以言其嫁也。"不我以",不見用也。"不我與",不見取也。"不我過",不見顧也。媵足以備數_{充數},而嫡實梗之_{梗:從中阻撓破壞},不得進御于君。人情

至此，扞格也甚矣扞(hàn)格：相互抵觸。既嫡覩然感悟，
媵于是得其所處，而至于相與嘯歌長嘯歌吟，前日妒忌
之心皆冰釋矣冰釋：比喻隔閡完全消除。三復此詩，獨言其
始之乖戾，終之和同，而不言其所以至是者，此詩人
言外之意。雖不盡發越抒發，而默存于中也。故序
《詩》者歸其美于媵，而明著其勞而無怨，可謂察見其
心矣。《孟子》曰："行有不得者，皆反求諸己意謂反躬
自責。"語出《離婁上》人不見知，不以為彼之失，而以為我
之罪。恐懼修省(xǐng)，若無所容，而又敢怨乎？昔者
大舜處人子之不幸，不見其為父母之頑嚚(wányín)，愚妄
姦詐，而負罪引慝(tè)，承認罪過，齋慄于載見之時齋慄
(zhāilì)：敬慎恐懼貌。載見：服侍拜見。此瞽瞍之所以厎豫也
瞽瞍(gǔsǒu)：舜之父，目盲。厎(dǐ)豫：得以歡樂，其勞而不怨之
明驗歟？區區媵女之微，惟能反求諸己，而感格之效
立見感格：感於此而達於彼。此亦聖人在上，道化流行，而
當時風俗如此之美也。君天下者，可不原其所自哉
原：推原！

何彼襛①矣篇

何彼襛矣？唐棣之華。曷不肅雝？王姬之車。

何彼襛矣？華如桃李。平王之孫，齊侯之子。

其釣維何？維絲伊緡。齊侯之子，平王之孫。

臣聞之《記》曰："肅肅，敬也。雝雝，和也。"語出《禮記·樂記》夫敬以和以:而,連詞,何事不行？以是知古人之論德，甚貴夫肅雝也。凡人之情，不失之縱弛放縱恣肆，則失之乖戾。縱弛則不敬，乖戾則不和，豈其本心然哉？降衷秉彝降衷:施善,降福。秉彝:秉持常道，無有不善。肅雝之德，人人具足。然常人既貴而驕，驕而侈。然自大而失其常度，故有縱弛者焉，有乖戾者焉。賢者秉德有常賢者秉持美德,行事合乎常法，其身雖貴，其心自若，此所以天稟之良，未嘗少虧也。今以王姬而嫁諸侯王姬:周天子姬姓,其女兒或孫女稱王姬，車服之美車服:車輿禮服。《尚書·舜典》孔《傳》云："功成則賜車服以表顯其能用"，止下于王后一等，可謂貴矣。而肅肅雝雝，猶執婦道，其不失夫本心者歟？"何彼"、"曷不"，皆設問

---

① "襛"，底本及叢書集成初編本等作"禯"，據四庫本改。

之辭。何其華之穠①乎？華：古"花"字。穠(nóng)：草木茂盛貌。豈不肅且雝乎？比之唐棣又作棠棣，木名，結實形如李，可食，比之桃李，既言其容色之盛矣，而又美其車。車非能肅雝也，人有肅雝之德，故見其車者如見其人也。平王以德而言平王：東周平王宜臼，以平王之孫而適齊侯之子適：女子出嫁曰適。齊侯：齊國國君，以齊侯之子而娶平王之孫，等而言之，不敢自大也，此亦"肅雝"之義。昏姻之以義合，猶釣者之以絲緡也絲緡(mín)：釣魚的絲線。味"肅雝"之言，有無窮之義。婦人而有是德，豈不能相其夫子乎？豈不能正其家人乎？詩之稱周王曰"雝雝在宮，肅肅在廟"《大雅·思齊》句，君子以是知王姬之肅雝，王者躬行之化使之然也。為人君者，豈可不正其本哉？

騶虞篇

彼茁者葭，壹發五豝。于嗟乎騶虞！

彼茁者蓬，壹發五豵。于嗟乎騶虞！

---

① "穠"，底本及叢書集成初編本等作"襛"，據四庫本改。

臣聞：有道之時，至和之氣薰蒸于天壤之間，必有嘉祥為時而出。故《關雎》之化行則《麟趾》應之，《鵲巢》之化行則《騶虞》應之，此所謂和氣致祥也。《鵲巢》之詩，國君積行累功以致爵位，夫人起家而居有之。夫得其為夫，婦得其為婦，剛柔健順，各適其宜，此人倫之所以正也。人倫正，則朝廷正矣。天下純被受聖人之化，而庶類莫不蕃殖_{庶類：萬物，萬類}，和氣之所感也。春蒐之時_{春蒐（sōu）：古代帝王春季舉行的射獵}，葭與蓬茁然而生_{葭：蘆葦。蓬：一種野草，狀似白蒿。春生，至秋則老而為飛蓬}，豝與豵其數以五_{豝（bā）：二歲的小豬。豵（zōng）：一歲的小豬}，而人心愛物之深，于五豝五豵之中，各取其一焉，不忍盡殺以逞其欲也。詩人言之不足，故嗟嘆以美之。而比之騶虞（zōuyú），古之仁獸，《毛傳》云："白虎黑文，不食生物，有至信之德則應之"，于生物則不食，于生草則不踐，非有所教戒也，非有所禁防也，是孰使之然哉？天稟如是，無俟乎勉強也。凡有意為之與夫根于自然者，等倫相絕，善利之所以分，王霸之所以異，皆由此也。意之為累大矣_{意：謂有意，刻意}，詩人之有取于騶虞，惟其非出于有意也。人之仁愛，亦如騶虞之自然，則王道純全而無虧矣，故謂之"成"。當和氣充塞之時,騶虞應感而至,而詩人因以比德,大旨與《關雎》、《麟趾》同符。此正始之明驗也,人君可不推原其故歟?

柏舟篇

　　汎彼柏舟,亦汎其流。耿耿不寐,如有隱憂。微我無酒,以敖以遊。

　　我心匪鑒,不可以茹。亦有兄弟,不可以據。薄言往愬,逢彼之怒。

　　我心匪石,不可轉也。我心匪席,不可卷也。威儀棣棣,不可選也。

　　憂心悄悄,慍于群小。覯閔既多,受侮不少。靜言思之,寤辟有摽。

　　日居月諸,胡迭而微。心之憂矣,如匪澣衣。靜言思之,不能奮飛。

　　臣聞:天下之患,莫大于小人在人主之側。蓋小人之心,知有己而已,不知為國也;知有私而已,不知有公也。朝思夕念,不過于爵位之崇,祿廩之厚祿廩:亦作"祿稟",官俸也,以足夫一己之欲。欲心日熾,則凡可以阿媚其君者,無所不為。君有過焉,不敢言也。朝綱不振,國勢浸微,知公論之不可逭公論:公正的評論。逭(huàn),逃避,君子之必見嫉也見嫉:遭受妒恨。則凡可以排擯善類者,無所不至。若此者,委以一職,任以一事,然且不可,況于常在君側乎?此君子之所以不得不憂,如舟汎然無所底定汎然:飄浮貌。底(zhǐ)定:平定,安定,憂之至也。耿耿,明也。隱,痛也。吾心明知其為害,而吾君不能遠之,所以痛心也。酒所以供敖遊遨遊,遊玩,吾非無之,斯心痛切,不暇飲也。鑒之照物鑒:鏡子,或妍或醜,無不受焉,故茹容納。茹,猶入也。小人非我族類,其可入吾心乎?同僚之義亦有兄弟之親,似可愬也愬(sù):訴苦,傾訴,而往則見怒,其臭味亦殊也。石猶可轉而心不可轉,席猶可卷而心不可卷,其正直如此,而又發于威儀,人無得而選擇之,猶口無擇言,身無擇行也。其與小人異趣,豈不遠哉?"慍于群小"慍:怨,怒。群小:《鄭箋》云:"衆小人在君側者",為群小所慍也。既遇其病,又受其侮,已拊心以憂,故謂之"辟"。日、月,明之至也。居、諸,語助也。今晝夜迭運而光景浸微,猶君德浸昏而小人得以蔽之也。心之有憂,如衣之有垢,垢之不去,愁沮無聊愁沮:悲愁沮喪,不能奮飛,固其宜也。或曰"有所憂患,則不得其正"語出《大學》。今憂心如此,寧不害于正乎？曰國家將危,忠臣義士,此心如割,幸其君之一寤醒也,故以屈原之忠,而自沈汨羅沈:同"沉"。汨(mì)羅:水名,源出江西修水,流入湖南平江縣境,終而匯入洞庭湖。公元前278年五月初五日,楚國為秦所佔,大夫屈原感救國無望,投汨羅而亡。君子與之與:參與,未害其為正也。人主觀此一詩,可不自警乎？仁人不用,小人在側,而使賢者不堪其憂,人君實為之也。《書》曰:"股肱喜哉股肱:謂身邊大臣。喜哉:興也,起而為王辦事。"語出《周書·益稷》《孟子》亦曰:"尊賢使能,俊傑在位,則天下之士皆悦而願立于王之朝矣。"語出《公孫丑上》夫使賢者皆有喜樂之心,亦人君為之。今朝廷有道,而忠良之士猶以當時為憂,此必有所以然者,惟聖主深察之。

燕燕篇

燕燕于飛,差池其羽。之子于歸,遠送于野。瞻望弗及,泣涕如雨。

燕燕于飛,頡之頏之。之子于歸,遠于將之。瞻望弗及,佇立以泣。

燕燕于飛，下上其音。之子于歸，遠送于南。瞻望弗及，實勞我心。

仲氏任只，其心塞淵。終溫且惠，淑慎其身。先君之思，以勖寡人。

臣聞：天下之事，不謹其始，未有能善其終者。發端之始，害猶未著明顯，顯著，故人忽之。積日累月，其惡寖長，遂致于潰裂四出，莫之能禦。且莊公之初莊公：衛莊公，公元前757年至前735年在位，過于有所惑爾，妾巧于求埒夫婿，主從而悅之，此亦人之常情也。悅而不已則溺，溺而不已則驕，驕而不已則僭（jiàn），僭越本分，夫人既失其位，嫡嗣何以自存？國本一搖，庶必奪嫡，此豈小故也哉？且莊姜無子莊姜：衛莊公之妻、齊莊公之女，姜姓，戴媯實生桓公戴媯（guī）：陳國女子，衛莊公之妾。桓公：衛桓公，名完，公元前734年至前719年在位。莊姜以為己子，則莊公嫡嗣也。其妾有寵，是生州吁（yù），公元前719年弒兄繼位，則莊公之庶子也。州吁好兵，公弗能禁。桓公嗣立，成公賊之成公：名鄭，公元前634年至前633年、前631年至前600年在位。賊：竊取，戴媯失所依倚，反其宗國反：通

"返",返回。宗國:猶祖國,此國家之大變也,故莊姜深痛之。方其上僭之始,姜固已憂之矣,然害止于一身,故《綠衣》之序曰"傷己"而已。今州吁敢行無道,不君其君,國勢將傾,豈猶"傷己"而已乎?"燕燕"之稱,謂己及戴媯也。情義之厚,相與追隨,可謂昵矣昵:親近。而其序不紊,故羽則參差不一,飛則或頡或頏頡(xié):向下飛。頏(háng):向上飛,鳴則或上或下,未嘗無別也。曰"泣涕如雨"、"佇立以泣",曰"實勞我心",何其憂之深哉!"仲氏任只仲氏:《毛傳》云:"仲,戴媯字也。"任:信任,一說,善也。只:語助詞,無實義",言其可親可信,如《周官》所謂"睦婣任恤"也語出《周禮·地官·大司徒》。睦婣(mùyīn):亦作"睦姻",對宗族和睦,對外親親密。任恤:信於友道,振憂貧者。温惠淑謹當指詩中"終溫且惠,淑慎其身"句,又申言之。其賢如此而遭此大變,反于宗國,安得而不憂乎?非憂戴媯,憂衛國也。禍變如此,莊公實為之,而媯不以為怨,且勉莊姜,以追思先君。辭氣薰然,無一毫忿戾之心,此所謂"溫惠淑謹",此所謂"變風止乎禮義"者歟?引語出《詩大序》,原文云:"故變風發乎情,止乎禮義。發乎情,民之情也;止乎禮義,先王之澤也。"為國家者觀此一詩,而知其終之乖離,皆其始之耽惑猶迷惑,盍亦兢兢業業，而毋致于極哉？

日月篇

　　日居月諸，照臨下土。乃如之人兮，逝不古處。胡能有定？寧不我顧。

　　日居月諸，下土是冒。乃如之人兮，逝不相好。胡能有定？寧不我報。

　　日居月諸，出自東方。乃如之人兮，德音無良。胡能有定？俾也可忘。

　　日居月諸，東方自出。父兮母兮，畜我不卒。胡能有定？報我不述。

　　臣聞：有一言而可以盡修身齊家之道者，曰此心之明而已。人惟一心，不明則昏，明則是非可否，皆天理之正；昏則好惡取舍，皆人為之私。皎然如黑白之異色較然：明顯貌，燕越之殊塗也燕越：燕國、越國，燕有今河北北部、遼寧西部一帶，越在今浙江、江西一帶，相去甚遠。人心豈可以不明哉？且莊姜，齊侯之子也，不為不貴矣；《碩人》一詩屬《衛風》，皆稱美之辭，不為不賢矣。為莊公者禮重而親愛，固其宜爾。曾不見答不以禮酬答，而妾媵是嬖(bì)，寵愛，好惡取舍，顛倒如此，不明孰甚焉！此詩所謂"乃如之人"者，蓋指莊公也。比之日月，尊之至矣，而微有譏焉。日月之明，無所不照，而今也不能致察于帷簿之間家門之內，指家中，能無愧乎？逝，往也。意有所移，往而不返，溺于嬖妾而不在莊姜，失于古人處夫婦之道，故曰"逝不古處"。天下有定理，嬖寵惑之，則其心亂矣，故曰"胡能有定"。"寧不"，猶言"曾不"也，心在彼而曾不在我也。三章、四章亦以"日月"為稱，而止言所以出之方，何耶？日月經乎中天，則其明無所不及。初升之明，雖明而未遠也。《書》曰："視遠惟明。"語出《商書·太甲中》，意為：能視遠方，方爲目明。孔子答子張之問明曰："可謂遠也已矣。"語出《論語·顏淵》，原文作："子張問明：子曰：'浸潤之譖，膚受之愬，不行焉，可謂明也已矣。浸潤之譖，膚受之愬，不行焉，可謂遠也已矣。'"明固貴夫遠也。莊姜之不見答，無乃莊公雖明而未遠乎？不深言其過，而特微其辭，示敬心也。"德音"，天所同得，莊公固有是德音矣。以不定之故，良心轉為無良，甚可惜也。然莊姜不欲常置諸胸中，要當忘之，故曰"俾也可忘"。前三章猶有怨辭，至于卒章，惟曰父母養我不終，至此尚復何言。所謂

"報我"者，亦不能陳述之矣。嗚呼！使莊公本心常如日月之明，夫婦之間豈至此極哉？君人者觀此一詩，心之不明，其害如是，可以為鑒矣。

終風篇

　　終風且暴，顧我則笑。謔浪笑敖，中心是悼。
　　終風且霾，惠然肯來。莫往莫來，悠悠我思。
　　終風且曀，不日有曀。寤言不寐，願言則嚏。
　　曀曀其陰，虺虺其靁。寤言不寐，願言則懷。

　　臣聞：處順境者易，處逆境者難。何謂順境？人心翕然相應翕(xī)然：一致貌，無有齟齬者是也齟齬(jǔyǔ)：牙齒上下不對應，比喻意見不投合；何謂逆境？人心悍然不從，未易調護者是也。于其易也而順受之，于其逆也而思所以處之。反求諸己，積其誠意，盡其在我而已。莊姜不見答于先君，又見侮于州吁，甚難處也。常人之情，遭此逆境，無不懈怠。而莊姜安于所遇，惟自傷其無辜，而無嫉妒他人之心。故序《綠衣》、《日月》、《終風》三詩，皆以"傷己"言，可謂深探其所存矣。風終日而又甚暴，喻州吁之虐，而見莊姜之柔順。"則笑"侮之,猶《無逸》言小人侮厥父母曰:"昔之人無聞知也上了年紀的人,什麼都不知道。"《無逸》:《尚書·周書》篇名。浪,放蕩也。"謔浪笑敖"朱子《詩集傳》云:"謔,戲言也。浪,放蕩也……言雖共狂暴如此,然亦有顧我而笑之時。但皆出於戲慢之意,而無愛敬之誠",侮之甚矣。而莊姜方且哀憐之,以為良心善性,人所均稟,而淪于惡習,顛冥至此顛冥:迷惑,沉湎,良可悼也。霾,雨土也,昏暮之狀也。雖則昏暮,感其母之見棄,亦有時而惠然肯來也惠然:和順貌。然終不能勝其惡習,暫明而復昏,所以"莫往莫來"也。莊姜不嫉惡,又從而思之,可謂深于愛子矣。悼之思之,所以興其善心;憎之絶之,足以遏其惡念。莊姜于此,慮之熟矣。陰而霾曀(máiyì),灰塵或雲翳蔽天貌,終風且繼以陰雨,不旋日而復曀不到一日重又天陰有風,亦言昏蒙也。雨雖不驟,重陰未解,故曰"曀曀";靁雖不作而相繼不絶,故曰"虺虺",皆言昏暮也。人之善不善,明與昏而已。"寤言不寐",憂其昏也。"願言則嚏(tì)"、"願言則懷",欲其明也。願者,善端初發之謂。彼願言則我嚏矣,鄭康成所謂"猶今俗人嚏而曰人道我",此感通之理也。彼願以為懷矣,如《周南》"嗟我懷人"之懷引語為《卷耳》句,不忘于心,非不從而已也。莊姜可謂曲盡矣,而終不能轉移其暴虐之行,其下愚不移者歟?然子雖不孝,母不可以不慈,此古人人倫之要。觀是詩者,觸類而長之猶言"舉一反三",則人倫之間,蔑有不可處者矣蔑有:沒有,無有。

擊鼓篇

擊鼓其鏜,踊躍用兵。土國城漕,我獨南行。
從孫子仲,平陳與宋。不我以歸,憂心有忡。
爰居爰處,爰喪其馬。于以求之?于林之下。
死生契闊,與子成說。執子之手,與子偕老。
于嗟闊兮,不我活兮。于嗟洵兮,不我信兮。

臣聞:興師動衆,爭地爭城,兵鋒一交,肝腦塗地,甚可畏也,其可輕用也哉!然有國有家者,非兵無以宣威靈顯赫的聲威、制強暴,故亦不得已而用之。外禦其侮者,為固圉而舉固圉(yǔ):穩固邊境;以仁伐不仁者,為救民而舉。兵出有名,故罔不吉罔:通"無",何者?人心固以為當然。操不祥之具,彊民于戰鬬之間彊:強迫、勉強,而不與衆同欲其為,從之也難矣意謂:不站在百姓角度想其所想、為其所為,要讓他們跟從聽從,是很困難的事情。今州吁以庶奪嫡,親賊其兄,罪固不容誅矣。乃欲以兵力自彊,為平陳與宋之役平:調解,調停,和而不盟。平,成也,欲伐鄭而力不能獨辦,故結二國之成而共伐之。漕邑之城今河南滑縣東南,國之土功也土功:指築城、建造宮殿等工程,可謂勞役矣。今伐鄭之師,怨苦無聊,欲為版築者而不可得版築:指土木營造之事,故有"我獨南行"之嘆。蓋築者猶可以生還,而我則必死,所以忡忡然其憂也。將行之時,與其室家訣別,故其言慘戚如此。爰,於也。於何而居,於何而處,言無定也。於何而喪其馬,則其兵敗,而人亦殆矣殆:危險,危殆。求諸林下,若所謂收爾骨者,何其言之悲歟!契闊,勤苦之狀也。夫婦之義,生死同之,勤苦共之,此一定之論也,故曰"成說定約,結誓"。今而不我活矣,說可成乎?洵,亦信也。詩人所謂"洵美且直",皆信然之辭。向也約言"與子偕老"向:過去,今我先子而死,則變而為不信也,故曰"不我信者",此皆夫婦訣別之語。州吁亦聞之乎?昔孟子論得民心之道,"所欲與之聚之,所惡勿施爾也"語出《離婁上》,意謂:百姓希望的,替他們積聚起來;百姓厭惡的,不要強加給他們,如此而已。安居者人所欲,而州吁故勞之;用兵者人所畏,而州吁彊施之強迫施行之。欲惡皆違乎民,自古及今,未有能濟者濟:成功。由是觀之,兵其可輕用哉？雖然,人有疾病,以藥攻之;時有姦宄亦作"姦軌",違法作亂之人,以兵伐之。雖湯武之得天下湯武:商湯、周武王,湯伐夏桀而建商,武王伐紂而建周,何嘗不用兵乎？而湯武之舉,順乎人心,故人無不服;此詩所刺,咈乎人心咈(fú):違背,故人皆怨之,成敗之所以殊也。説以使民説:通"悅",民忘其勞;説以犯難,民忘其死。如是而用兵,人亦何怨之？有君人者,盍亦深思熟講,求所以順乎人心者哉！

凱風篇

凱風自南,吹彼棘心。棘心夭夭,母氏劬勞。

凱風自南,吹彼棘薪。母氏聖善,我無令人。

爰有寒泉,在浚之下。有子七人,母氏勞苦。

睍睆黃鳥,載好其音。有子七人,莫慰母心。

臣聞:《中庸》曰:"射有似乎君子射:射箭,古代"六藝"之一,為古代貴族子弟必修的科目,失諸正鵠箭靶中心,反求諸其身。"《孟子》亦言:"行有不得者,皆反求諸己。"

語出《離婁上》此言得失之殊途，未有不自己出者。責人而不責己，則本原之地用志不篤，見善不遷，有過不改，而感格之至感格：感於此而達於彼，邈不可冀希望，希冀。修己而不責人，則朝夕思念，求所以齟齬不合者齟齬(jǔyǔ)：上下牙齒对不齐，比喻互相抵触，格格不入，誰實為之？積其誠意，自足以感人動物感動人與物，此得失之所以殊也。昔者舜之事親，難莫甚焉。舜不見其頑嚚愚妄姦詐，而惟極其敬。舜號泣于旻天泛指天，負罪引慝，夔夔齊慄夔夔：悚懼貌。齊慄：同"齋慄"，敬慎恐懼貌，形于載見。故雖瞽瞍之不慈，亦為之厎豫得到歡樂，此感格之效也。《凱風》之詩，其淵源于此歟？"凱風"云者，南方長育萬物之風，舜之作歌所謂"南風之薰阜民財"者是也。相傳舜作有《南風歌》，云："南風之薰兮，可以解吾民之慍兮。南風之時兮，可以阜吾民之財兮。"棘，難長之木。心發生之初，自凱風之吹拂，其心始長。至于夭夭其盛，可以為薪，非一朝一夕之故，以喻母氏養我七子，自襁褓而至于成人，其劬勞也久矣劬(qú)勞：勞苦。《小雅·蓼莪》云："哀哀父母，生我劬勞"。而吾母寡居之後，不安其室，人子于此，將何以自處哉？男女，人之大欲，當淫風流行之時，漸染惡習，與之俱靡，此人情之所不能免也。

母子之際，人所難言，順從則害義，諫止則傷思。惟有反躬自責，不以為母之過，而以為己之咎，則庶乎其足以感動矣，故曰："母氏聖善_{母親明理有美德}，我無令人_{我們兄弟不成材}。"泉之清寒者，能使人甘之；鳥之好音者，能使人樂之，而我獨不能慰其母，是豈母之罪哉？比之凱風，其稱甚美，而寒泉、黃鳥之不若，其自責也深矣。負罪引慝，此舜所以為大孝。而今也，七子之心，契合無間，古今雖殊，人心不異，所謂"人皆可以為堯舜"也_{語出《孟子·告子下》}。雖然，子之自責，可謂有子矣，而母之能從，略不見于是詩，何哉？曰誠可以貫金石_{貫：穿透}，而況于人乎？未有不可感動者。以瞽瞍底豫推之，母之能從，不言而可知矣。觀此詩者，處人倫扞格，皆能反求諸身，始雖未合，終必相應矣。以之處兄弟，則兄友而弟恭；以之處夫婦，則夫和而妻柔。《易》之《繫辭》曰："觸類而長之。"豈不信然哉！

卷 三

雄雉篇

雄雉于飛,泄泄其羽。我之懷矣,自詒伊阻。

雄雉于飛,下上其音。展矣君子,實勞我心。

瞻彼日月,悠悠我思。道之云遠,曷云能來?

百爾君子,不知德行。不忮不求,何用不臧?

臣聞:"治世之音安以樂_{安順而歡樂},其政和_{平和而通暢};亂世之音怨以怒_{怨恨而憤怒},其政乖_{乖戾而殘暴}。"此《大序》之説《詩》所以為治亂之别也。今其軍旅數起,大夫久役,室家閔其夫之勤勞,宜若有怨怒其上之語,而辭氣薰然,獨有治世之遺風。此其故何也?曰詩發于人心,時有治亂之殊,心無厚薄之間,上雖失道,而詩人不忘其君,無異于有道之時,又何怨怒之云乎?此所謂"止乎禮義,先王之澤也"。《雄雉》以喻其大夫遠役于外,妻以懷安之故_{懷安:留戀妻室,貪圖安逸},不能偕行,遂至于阻隔,是我自取之也,將以誰咎?_{怪罪於誰}。不怨其上而歸咎于己,與常情大不侔矣不俾：不等同，不相當。展，誠也。受命而行，秉心無二，惟知君命之重，而忘其在己之勞，是之謂誠。不怨其上而稱美其夫，其識高矣。陰陽之運，日往則月來，月往則日來，是日月之往未嘗不來也。今吾夫遠役，而邈無來期，其心亦苦矣。然豈可以我之怨苦，而怨詈其上哉？怨詈（lì）：怨恨咒罵。故卒章之意，尤篤厚焉。"百爾君子"，泛言從役之大夫也。我一婦人，雖不足以知君子之德行，然此心之善，人有所同。不忮害忮，音zhì。忌刻殘忍，嫉忌陷害，不貪求，可謂善矣，故以"臧"言之。不甘己之勞役，而害他人之安居者，謂之"忮"；以安居為可樂，而違道以有請者，謂之"求"。此二病者，常情所不能免，而吾夫無之，則行役何往而不善？雖久勞于外，固未嘗不裕然也裕然：自足貌。有夫如此，吾亦可以自慰矣。其夫聞之，豈不益自勉勵乎？一時同役之大夫聞之，又豈復怨上乎？徧告百爾君子，蓋所以警之也。孔子曰："士而懷居留戀家居的安逸生活，不足以為士矣。"語出《論語·憲問》《春秋傳》曰："宴安酖毒酖：音zhèn。貪圖安樂就好比喝毒酒自殺，不可懷也。"語出《左傳·閔公元年》以安居為戒，而不以勤勞為憚害怕，忌憚，此君子之德也。而婦人能言之，其亦賢乎！孔子取"不忮不求"之語，以美門人之高弟_{門弟子}_{之優良者}，是誠有契于聖心也。讀此詩者，可不自警乎？

谷風篇

習習谷風，以陰以雨。黽勉同心，不宜有怒。采葑采菲，無以下體。德音莫違，及爾同死。

行道遲遲，中心有違。不遠伊邇，薄送我畿。誰謂荼苦？其甘如薺。宴爾新昏，如兄如弟。

涇以渭濁，湜湜其沚。宴爾新昏，不我屑以。毋逝我梁，毋發我笱。我躬不閱，遑恤我後。

就其深矣，方之舟之。就其淺矣，泳之游之。何有何亡，黽勉求之。凡民有喪，匍匐救之。

不我能慉，反以我為讎。既阻我德，賈用不售。昔育恐育鞫，及爾顛覆。既生既育，比予于毒。

我有旨蓄，亦以御冬。宴爾新昏，以我御窮。有洸有潰，既詒我肄。不念昔者，伊余來墍。

臣聞：所貴乎君子者，無他事焉，惟不失其本心而已。人生而善，天之性也。有正而無邪，有誠而無偽，有厚而無薄，有天理之公而無人欲之私，所謂本心也。其始如是，其終亦如是。雖歷年之久，不變乎其初，所謂不失也。今觀此詩，何其人情前後之不類歟？谷風，謂東風也。指促進作物生長之東風。《毛傳》云："東風謂之谷風，陰陽和而谷風至，夫婦和則室家成，室家成而繼嗣生。"習習，舒和也，陰陽和則為雨。"黽勉同心，不宜有怒"，皆言其和也。使夫之情常如其始之和協，豈不甚善？而本然之心易于蒙蔽，久則淫于新昏而忘其舊矣。采葑菲者葑菲：蔓菁、蘿蔔類塊莖蔬菜，不以其下體之不美而棄之，亦猶禮接其婦接：接遇，對待，不以容貌之改前而薄之薄：輕視，疏遠。德音相與德音：指夫妻間的晤語盟誓，偕老以死，人情之厚，約結之深，有如此者。至于"行道遲遲，中心有違"，則舊室見棄也。水涇濁而渭清，二水相入而不相雜。舊室譬則渭也，新昏譬則涇也，涇雖甚濁而不能混渭水之清，新昏雖獲愛而不能掩舊室之潔。"湜湜其沚"湜湜（shíshí）：水清澈貌。沚（zhǐ）：水中小塊陸地；一說指水底，清見底也，而良人不以為潔，故曰"不我屑"。屑，潔也。何以知舊室之為潔乎？梁笱之取魚梁笱：捕魚的堤壩與竹簍，所以養人也。夫雖見棄，猶不欲自廢其生養之具，深則方之舟之乘筏乘船渡水，淺則泳之游之，黽勉求之，匍匐救之（案：此下疑有缺文）。

美菜之蓄蓄聚，儲存，凡婦道所當為，非不盡力，非有毫髮之罪，所以知其潔。而疾之棄之，昧于黑白之辨，一至此極。獨不思我始之來，相與安息，情義甚厚，而今日乃如是之薄耶！墍，息也。始終不倖，所謂失其本心者，風俗如是。誰實為之？故序《詩》者以為"衛人化其上"，宣公之罪不可掩矣宣公：衛宣公，名晉，前718年至前700年在位。為人淫縱不檢，曾通於其父之妾夷姜，又納其子之妻宣姜為己有。由是觀之，為人主者，可不正其本哉！

式微篇

式微式微，胡不歸？微君之故，胡為乎中露？
式微式微，胡不歸？微君之躬，胡為乎泥中？

臣聞：人君有志，則危弱可為安彊；苟惟無志，則終于危弱而不振。故曰"禍福無常，惟人所召"語出《左傳·襄公二十三年》，原作"禍福無門，唯人所召"，趨向一差，而天淵不侔矣。吁！可畏哉！太王迫于狄人之侵太王：周文王祖父古公亶父的尊號，去邠之岐離開邠地（今陝西彬縣），去到岐山（山名，今陝西岐山縣境）之下，微弱甚矣！而邠人則曰：「仁人也，不可失也。」從之者如歸市，于是乎肇基王迹开创帝王之功业，而詩人稱曰：「居岐之陽，實始翦商。」《魯頌·閟宮》句，意謂：「住在岐山向陽坡，開始準備滅殷商。」越王句踐大敗于吳，棲于會稽者纔五千人爾會稽（kuàijī）：山名，今浙江紹興東南，而臥薪嘗膽，念念復讎，卒如其志，轉危弱而為安彊，豈不偉哉！黎侯失國，以狄人之故寓于他邦，非得已也。誠能居患難之中，勵剛彊之志，朝夕思念，求反其國，懲創既往懲創：懲戒，警戒，改絃易轍，夫豈終不可為哉？而乃即安于衛國，曾無奮發之心，豈不哀哉？「中露」者，暴露之謂；「泥中」者，泥塗之謂，非邑名也。暴露于泥塗之中，其辱甚矣，而居之不疑，此其國之所以終于失也。其始也既以無志而失之，其終也又以無志而不能復振，是可哀也。嗚呼！諸侯有一國者也，不善保之，則失其國；天子有天下者也，不善保之，則將如之何？故大禹之訓曰：「予臨兆民，凜乎若朽索之馭六馬。」語出《尚書·五子之歌》，意謂：「我面對億萬民衆，就像用腐爛的繩子駕馭著六匹馬一樣令人恐懼。」成湯克夏之後猶曰：「慄慄危懼，若將隕于深淵。」語出《尚書·湯誥》，意謂：「我非常恐懼不安，就像要墜入深淵一樣。」誠以王業之重，得之難，失之易，兢兢業業，不敢荒寧，僅能自保而已。觀《式微》之詩，黎侯一失其國，而卑微如是，眞萬世人主保邦之龜鑑也龜鑑：亦作"龜鑒"，比喻榜樣或教訓。

旄丘篇

旄丘之葛兮，何誕之節兮？叔兮伯兮，何多日也？

何其處也？必有與也。何其久也？必有以也。

狐裘蒙戎，匪車不東。叔兮伯兮，靡所與同。

瑣兮尾兮，流離之子。叔兮伯兮，褎如充耳。

臣聞之《詩》曰："永言配命，自求多福。"《大雅·文王》句，今人程俊英譯為："常順天命不相違，要求幸福靠自強。"孟軻亦云："禍福無不自己求之者。"語出《孟子·公孫丑上》何謂福？國之安榮是也安榮：安樂榮耀。何謂禍？國之危辱是也。選拔賢俊，惠恤黎元黎民百姓，與治世同道，斯安榮矣；惟姦憸是用姦憸(xiān)：指姦詐邪惡小人，惟暴虐是作，與亂世同事謂行事相同，斯危辱矣。黎侯之失國黎侯為狄人所逐，寄寓於衛，無乃顛倒是非，以自取危辱乎？方其南面以朝群臣，威福予奪，無不在我，亦可謂安榮矣。及夫逐于狄人指北方少數民族，不能自保，而托迹于他邦。其名雖曰"寓公"，實與群臣無異。《春秋傳》所謂"既為人君，又為人臣"是也_{語出《左傳·文公十六年》}，烏在其為安榮乎？黎之臣于當是之時，不能規正其君，迫于患難，則怨他邦之不相恤。他邦信有罪矣_{信：確實}，黎侯獨無罪乎？向使黎侯能治其國_{向使：假使，假如}，任賢愛民，以植不拔之基_{植：樹立，建立}，則何至于危辱如是？必有以自取之也。乍見孺子將入井_{孺子：小孩子}，怵惕惻隱之心不期而自發_{怵惕（chùtì）：戒懼，驚懼。惻隱：同情，憐憫}。《孟子·公孫丑上》云："所以謂人皆有不忍人之心者，今人乍見孺子將入於井，皆有怵惕惻隱之心"。今鄰國之君託迹于我_{託迹：謂寄身}，而邈如不聞，衛之君臣，其亦不仁甚矣！黎不能自責，衛不能恤難，其失均也。昔者楚王遭闔廬之難_{闔廬：亦作闔閭，名光，春秋時吳國國君。公元前506年，伍子胥率吳國軍隊伐楚，攻入郢都，昭王出亡}，越在草莽_{越：流亡}，有申包胥者乞師秦廷_{楚國大夫申包胥到秦國朝廷乞求出兵救楚}，哭聲不絕。秦人哀而救之，二國併力，遂卻吳師，蓋有以感動之也。黎之群臣不知出此，惟衛人是責，何哉？雖然，重耳非不賢也_{重耳：晉獻公之子，後為國君，即晉文公，前636年至前628年在位，因受迫害曾在外流亡多年}，十九年在外，非秦伯納之則不能自反其國_{秦伯：指秦}

穆公(一作秦繆公),曾接納重耳避難並幫助其回國即位,況黎侯乎?鄰國是責,亦不為過。此所謂"詩可以怨"也。孔子取而列之《國風》,有以也夫!

泉水篇

毖彼泉水,亦流于淇。有懷于衛,靡日不思。孌彼諸姬,聊與之謀。

出宿于泲,飲餞于禰。女子有行,遠父母兄弟。問我諸姑,遂及伯姊。

出宿于干,飲餞于言。載脂載舝,還車言邁。遄臻于衛,不瑕有害?

我思肥泉,茲之永歎。思須與漕,我心悠悠。駕言出遊,以寫我憂。

臣聞:禮者,人之大防_{重要的界限},所以檢柅此心_{檢柅(jiǎnnǐ):檢查制止},不敢放逸也。故《書》曰:"以禮制心。"_{語出《尚書·仲虺之誥》,用禮制約束心志}。禮之制人,猶隄之防水,不以隄為固而驟決之,則潰裂四出,大為民害矣;不以禮自檢而輕棄之,則縱橫放肆,淪胥為惡矣_{淪胥:淪喪}。女子之思歸,人之常情也。然父母既終，無歸寧之道，嫌疑所在，何可不謹？古者女子許嫁而筓(jī)，古代女子十五歲所行成年之禮，非有大故不入其門大故：重大的變故，如父母喪等。既嫁而返，兄弟弗與同席而坐，弗與同器而食，所以別嫌明微辨別嫌疑，明察幽微，防于未然者，若是其嚴哉！父母猶在，歸于親旁，安慰其心，禮所當然也。父母既殁，兄弟雖我同氣有血緣關係的親屬，特指兄弟姊妹，非有鞠養劬勞之恩鞠養：撫養，養育，其又可歸乎？歸若未害也，然此心一縱，或至于不保其身，則害莫大焉。漢史所謂"知其非禮，而不能自還"者是也語出《漢書·原涉傳》，"而"原作"然"。齊襄公鳥獸之行齊襄公為齊僖公之子、齊桓公之兄，與妹妹文姜有私通行為，瀆亂禮經，詩人至以雄狐目之古人以雄狐為淫獸，《齊風·南山》為刺襄公之詩，首句云"南山崔崔，雄狐綏綏"，亦惟姜氏不謹其始，無故而歸，所以至此也。然則《泉水》之詩，聖人列于《國風》，豈非所以立萬世之大閑歟？大閑：基本行為準則。淇，衛水也。泉水猶注鄉邦，我心寧不思衛？故欲與從行之娣姪議。所以歸國者，人情之至切也。"宿于泲(jǐ)"，與下文"禰"，皆衛近郊之地；一說，濟水，"餞于禰(nǐ)"，記嫁時所歷之地，父母兄弟訣別。今無故而歸乎，雖有姑姊，惟當遣人問訊而已，終不可歸也。然歸心既動，不能自已。"宿于干"與下文"言"，皆衛地名，"餞于言"，雖思歸衛所歷之地，將脂轄其車轄(xiá)：古代為固定車輪而插在車軸兩端的鍵。此句謂在車轄上塗好油脂，"遄臻于衛"遄(chuán)：疾速，快速。臻：到達，又以此事雖名無瑕，其實有害，故復止焉。天下之患，莫大于自謂無害，為非所當為，欲非所當欲。其初曰是小過耳，吾何害之有？積而不止，遂陷于大惡。為君為臣而有是念，則不得其為君為臣，父也子也亦然。今衛女檢制此心檢制：約束節制，知其有害而不敢縱，此所謂"發乎情，止乎禮義"者。肥泉、須、漕三者皆衛國水名、地名，思之切而禮不可歸。憂懷鬱結，出遊以寫之寫(xiè)：消除，疏洩。此心無一毫之累，可謂賢女矣。茲聖人之所以有取歟？

北門篇

出自北門，憂心殷殷。終窶且貧，莫知我艱。已焉哉！天實為之，謂之何哉！

王事適我，政事一埤益我。我入自外，室人交徧讁我。已焉哉！天實為之，謂之何哉！

王事敦我，政事一埤遺我。我入自外，室人交徧摧我。

已焉哉！天實為之，謂之何哉！

臣聞：人不可無志。志在修身者，其德必日進；志在立事者，其業必日廣。仕者，所以行其志也。古者朝廷有道，公論著明，德有大小，故位有高下；位有高下，故祿有厚薄，豈有忠良之臣，而不得志于時者哉？今觀此詩，賢者出北門而憂心殷殷焉。言"北"者，謂背陽而向陰也。陽猶休明之時_{休明：美好清明}，陰猶濁亂之世。背陽而向陰，則濁亂可知矣。然當時之忠良，以為祿之厚歟？則"終窶且貧_{窶(jù)：貧窮而無以為禮}，莫知我艱"，其祿固未嘗厚也。以為位之卑歟？則"王事適我"矣_{適："擿"字之省，投擲}，"政事一埤益我"矣_{埤(pí)益：堆積，增加}；"王事厚我"矣，"政事一埤遺我"矣_{埤遺：猶"埤益"}。適我，謂事紛至于我也。埤益，謂厚且增也。事如此之多，祿如此之薄，若不相稱。然以理推之，是必事繁而位卑，非高爵也，故其祿亦薄。上而君不見知，下而妻子讁我，摧我居濁亂之世，所遇若此，何以為懷哉？安于天命，順受之斯可矣。賢之用舍_{被任用與不被任用}，關乎盛衰，固有命焉，非人所能為也。雖然，賢者以此自處則可，人君以此待賢者則不可。孟子曰:"尊賢使能,俊傑在位,則天下之士皆悅而願立乎朝矣。"語出《公孫丑上》夫悅于任職,而不委之天,治世之事也。君人者可不監觀于此哉?監觀:鑒察,借鑒。

北風篇

　　北風其涼,雨雪其雱。惠而好我,攜手同行。其虛其邪?既亟只且!

　　北風其喈,雨雪其霏。惠而好我,攜手同歸。其虛其邪?既亟只且!

　　莫赤匪狐,莫黑匪烏。惠而好我,攜手同車。其虛其邪?既亟只且!

　　臣聞:人君之為政,莫善于寬仁寬厚仁慈,莫不善于威虐凶惡殘酷。寬仁則民愛之,威虐則民畏之。愛之若父母焉,畏之若仇讎焉仇讎:仇人。父母之親,不忍一日離;而仇讎之惡,惟恐其不相遠也。為人上者不能撫愛其民,而專以威虐從事,人心豈有不離者哉?人皆去之,君誰與立?則是戕其民者戕(qiāng):殘害,乃所以自戕也,豈不甚可懼哉!北方肅殺之風肅殺:嚴酷蕭瑟貌，凛乎可畏，而加之大雪，其寒益甚，所以喻衛君之威虐也。"惠而好我，攜手同行"，畏其慘酷，與其所好相率而去之也。虛、徐，寬舒之貌。亟，急也。只且，語助也。若或遲遲其行，則其禍急，言不能一日自保也。次章亦然。至于三章，所謂"莫赤匪狐，莫黑匪烏"程俊英譯曰："天下赤狐盡狡猾，天下烏鴉一般黑"，則今日之當去顯然去：離開，如狐赤而烏黑，無可疑者。理所當去，而遲回不去遲回：猶豫，徘徊，其禍豈不愈速乎？人心乖離，一至于此，疾之如仇讎矣。君者民之父母，而疾如仇讎，孤立于上，國勢岌岌，威虐之所致也。並為威虐，則不獨衛君為然，亦必有同惡相濟者，此所以重失人心也。今仁聖在上，予惠黎元予惠：施予仁惠，可謂至矣。而監司帥守指負有監察守衛之責的各級官員，猶有急于財賦刻剝窮民者刻剝：侵奪剝削，亦有敢行誅殺害及流民者，此皆不仁之人，為國失人心者也。人心一失，所係甚大。伏惟聖主哀之救之伏惟：亦作"伏維"，下對上的敬詞，表希望或願望，以活生民之命；告之戒之，以衰酷吏之風。此誠今日之急務也。

干旄篇

孑孑干旄,在浚之郊。素絲紕之,良馬四之。彼姝者子,何以畀之?

孑孑干旟,在浚之都。素絲組之,良馬五之。彼姝者子,何以予之?

孑孑干旌,在浚之城。素絲祝之,良馬六之。彼姝者子,何以告之?

臣嘗觀:孟子聞魯欲使樂正子為政_{樂正子:名克,孟子弟子},喜而不寐。公孫丑問其故,則曰:"其為人也好善。好善優于天下_{好善足以治理好天下},而況魯國乎?夫苟好善,人將輕千里而來_{輕千里:不以千里之遠為難},告之以善;夫苟不好善,曰予既已知之。訑訑之聲音顔色_{訑訑(yíyí):傲慢自得貌。東漢趙岐注云:"自足其智不嗜善言之貌"},拒人于千里之外,則讒諂面諛之人至矣_{讒諂面諛:愛進讒言,當面逢迎}。與讒諂面諛之人居,國欲治,可得乎?"_{語出《告子下》,引文與原文稍異}。嗚呼!若孟子者,可謂深知為國之要道矣。夫使之為政,安危理亂猶_{"治亂"},皆由是出,豈徒以一身事其君哉?虛心屈己,旁求眾善,以自輔其所不逮_{不及},則可以當此重任矣。自矜其能，不復求助，忠告蔑聞而諂諛日親蔑聞：不聞，無聞，則何以治其國哉？今觀《干旄》之詩，衛之臣子，何其好善之篤深厚！干首之有旄(máo)，旗竿上有用犛牛尾做竿飾的旗子，鳥隼之為旟隼(sǔn)：鳥名，又名鶻，鷹類中最小者，飛速善襲。旟(yú)：旗幟，析羽之為旌析羽：古代用來裝飾旌旗、旄節等的總狀羽毛，皆卿大夫之所載也。浚今河南濮陽南，衛邑也。城外謂之郊，居民所聚謂之都。城，則浚邑之城也。素絲，束帛也捆為一束的五匹帛，古代用為聘問、饋贈的禮物。卿大夫誠心好善，或求諸都邑之中，或求諸郊野之外，多方搜訪，幸而得之，則以束帛良馬，將其誠意，心之篤切，形見于此，所以有加而無已也。"彼姝者子"，指卿大夫之姝美也姝美：美麗。誠心好善，如恐不及，其德可謂美矣。故賢者感之，莫不曰吾將"何以畀之"畀(bì)：給予、"予之"、"告之"乎。此所以如影之隨形、響之應聲也。嗚呼！珠玉無脛而至于前脛(jìng)：通"脛"，腿，惟其好之爾。難合自重之士有所抱負難合：謂難與世俗相合。自重：謂謹言慎行，品格高潔，豈肯輕以語人？今而輸寫心腹輸寫：傾吐、傾訴，樂告以善，致敬盡禮，感之使然也。區區一小國，而臣子皆好善，當時賢者亦皆以善道告之,同聲相應,同氣相求,翕然有濟濟多士之風,國安得而不興乎?雖然,是有本有原,一國之事,人君為之也。一舉一錯之間,是非美惡,由是分焉。故夫好賢樂善,臣子之懿德也_{懿德:美德},而所以任用之者其誰歟?妒賢嫉能,臣子之大罪也,而所以登進之者又誰歟_{登進:舉用,任用}?沿流探源,其責固有在矣。此詩人所以必歸其美于衛侯也。人君觀此,足以知為治之大端矣!

考槃篇

考槃在澗,碩人之寬。獨寐寤言,永矢弗諼。
考槃在阿,碩人之薖。獨寐寤歌,永矢弗過。
考槃在陸,碩人之軸。獨寐寤宿,永矢弗告。

臣聞:國之所恃以安彊者_{安彊:安定強盛},以得賢也,故曰:"不有君子,其能國乎?"_{語出《左傳·文公十二年》}又曰:"不信仁賢,則國空虛。"_{語出《孟子·盡心下》}賢者抱道懷德,君能用之,則邦家之福;不能用之,則獨善其身。古之明君深達是理,故求賢惟恐其不及。其或潔身遁世_{謂避世隱居},自放于寂寞之濱,人君必反而自思曰："彼賢也，宜為我用而有所不屑，得非氣類差殊得非：莫不是。氣類：謂人之稟性氣質，不足以感召之歟？吾進德而不懈，則誠心感通，庶乎悅而願立于朝矣。"庶乎：猶言"庶幾乎"，差不多。莊公之先公，是為武公名和，前812年至前758年在位，篤于好善，能聽其規諫。而厥子弗克遵業不能遵沿其業，使賢者退而窮處謂隱居不仕，此《考槃》之詩所以作也。考，成也。槃（pán），樂也。碩大之賢，君不能用，潛伏于澗山間澗水、于阿山坡、于陸高平之地，俯仰無愧，自全其樂，所謂"考槃"也。矢古"誓"字，發誓，陳也。諼（xuān），忘也。惓惓于君惓惓（quánquán）：懇切、忠謹貌，寐覺而言，不能忘也。"弗過"者，不得過君之朝；"弗告"者，不得告君以善。三章所陳，久而不已，所謂"永矢"也。賢者抱負不淺，其君疎而擯之，不得有所展布，怨而不釋，人情之常也。今此詩無一怨辭，而忠愛之意膠固而不可解膠固：牢固。《易》之《否》曰："拔茅，貞吉卦義為：拔起茅草，其根相連，結果吉祥，志在君也。"當否隔之時否（pǐ）隔：隔絕不通，賢者在野，貞固其守，而心常存乎君，此則《考槃》之碩人也。有如是之賢，而莊公不能用，將誰與治其國乎？後之為人上者，三復此詩，深以莊公為戒，勤求賢士，毋使考槃

三 袁燮《絜齋毛詩經筵講義》四卷 111

于荒野之間,則可以立邦家之基矣。

芄蘭篇

芄蘭之支,童子佩觿。雖則佩觿,能不我知。容兮遂兮,垂帶悸兮。

芄蘭之葉,童子佩韘。雖則佩韘,能不我甲。容兮遂兮,垂帶悸兮。

臣聞:人君之德,莫大于剛健;人君之患,莫甚于柔弱。剛健則日進無疆_{無窮,永遠},足以有為于當世;柔弱則安于苟且,不能少見于事業。智愚相去,豈不遠哉?今一介之士,苟惟柔弱,則不能自立于鄉黨_{泛稱家鄉。周制,一萬二千五百家為鄉,五百家為黨}。況于國君,一舉一錯_{通"措"},安危所關,其可以柔弱自處乎?惠公者_{衛惠公,前699年至前697年、前686年至前669年在位},宣姜之子朔也,不疆于為善_{疆:通彊,強也},而忍于為惡。子之得罪_{子:指下文公子頑,宣公死後,頑曾通於其庶母宣姜},朔實為之。即位之後,上不能以禮防閑其母_{防閑:防備,阻止},下不能制公子頑之惡,至柔至弱,擁虛器于人上_{器指國君之權},何足以君其國乎?芄蘭者,柔弱蔓延之草也。支,枝也。觿(xī),一種小錐,古代貴族成人佩帶,用以解衣帶之結,所以解結成人之服也。國君雖童子,猶服成人之服,觿則佩矣,能則無有也。凡人或有所長,人皆得而知之,今曰"能不我知",則是塊然而已爾塊然:木然無知貌。芄蘭之葉,如佩韘之狀韘(shè):古代射箭時戴在手上用以鉤弦的扳指,佩韘亦為成年的標誌。韘,決也。韘則佩矣,能則不我甲也。天之十日十天干(甲至癸)所表示的日子,以甲為首,故事物之最先者,皆謂之甲,人亦如是。今曰"能不我甲",則才不足以高世矣高世:高超卓絕。容,容刀也一種作裝飾品用的佩刀。遂舒展貌。《毛傳》云:"容儀可觀,佩玉遂遂然",佩遂也因走路而使佩玉搖動貌。悸,帶垂而動也。服飾若是,皆如成人,而不見其有能,豈非其所大闕歟?大闕:很大的缺陷。凡人皆不可以無能,而君尤不可以無能。人而無能,其害止于一身;君而無能,其害及于一國。紀綱之不振,法度之不修,人心之不服,國勢之不彊①,皆柔弱無能之故。為人上者,可不懼哉!

---

① "彊",四庫本作"疆",蓋誤。

木瓜篇

投我以木瓜，報之以瓊琚。匪報也，永以為好也。
投我以木桃，報之以瓊瑤。匪報也，永以為好也。
投我以木李，報之以瓊玖。匪報也，永以為好也。

臣聞：德不足以感人者，不足以言德；惠不足以感人者，不足以言惠。古之人所以甚異于常人者，惟其感人之深而已，故《易》曰："聖人感人心而天下和平。"語出《咸卦》彖辭 三代而上，人心愛戴其君，久而不能忘者，由此道也。自入春秋，五霸迭興 五霸：通常指春秋時齊桓公、晉文公、宋襄公、楚莊王、秦繆公五個霸主，大抵雜以權術，惟己是利，遑恤其他？哪裏顧得上其他？而惟齊桓公（案"桓公"原本避宋欽宗諱作"威公"，今改正。後做此），存亡繼絕，與人同利，猶有治世之遺風焉。今觀《木瓜》之詩，何其圖報之無窮也！瓜與桃、李皆以木言，以別于瓜瓞（dié），小瓜。羊桃、雀李而已，非難得之物也。投以易得之物，而報以難得之貨，亦云可矣，猶曰"非敢為報，姑永以為好"而已。言有盡而意無窮，何時而可忘耶？考之《左氏傳》，而後知齊之于衛，有生死肉骨之恩焉。衛自熒澤之敗 熒澤：地名，今河南浚縣西。周惠王十七年（前660），赤狄發兵侵衛，衛軍大敗於熒澤，國為墟矣，遺民無幾，何以自立？桓公成之以甲兵，遺之以車馬器械，絕而復續，跲而復振跲（jiá）：退卻。周惠王十九年（前658），齊桓公率齊、宋、曹、魯四國軍隊築城於楚丘（今河南滑縣東），重新建立衛國，無國而復有國，豈非生死肉骨之恩乎？興滅國，繼絕世，天下之民歸心焉。此聖人之垂訓，而桓公得之。邢遷如歸公元前659年，狄人侵犯邢國，齊桓公出兵相救而得不亡。桓公助邢人將都城遷至夷儀（今山東聊城西南），邢人感覺如同回到老家，衛國忘亡桓公助衛重新建國，衛人亦安尊處優，亂離之餘，安堵如故安堵：安居，安得而不深感之歟？或曰："今北敵垂亡北敵：蓋指北地金朝，不保朝夕，與衛國敗于熒澤之役，亦何以異？我朝垂德，惠以覆護之，使既微而復振，將滅而復存可乎？"曰："不然也。衛，中國之諸侯也，為狄人所滅，故霸主不得不救；今北敵，中國之世讎也，因其敗壞，張皇六師張皇：張大，壯大。六師：周天子所統六軍之師，泛指全部軍隊，為復讎刷恥之舉可也，其可救哉？"《書》曰："兼弱攻昧，取亂侮亡。"《仲虺之誥》句，意為："兼併弱小的諸侯，攻伐昏昧的諸侯，奪取混亂的諸侯，輕慢將亡的諸侯。"此成湯之所以興也成湯：指商湯，惟聖主深察之。

黍離篇

彼黍離離，彼稷之苗。行邁靡靡，中心搖搖。知我者，謂我心憂；不知我者，謂我何求。悠悠蒼天，此何人哉！

彼黍離離，彼稷之穗。行邁靡靡，中心如醉。知我者，謂我心憂；不知我者，謂我何求。悠悠蒼天，此何人哉！

彼黍離離，彼稷之實。行邁靡靡，中心如噎。知我者，謂我心憂；不知我者，謂我何求。悠悠蒼天，此何人哉！

臣聞：王業之方盛，人皆歡樂而詠歌之；王業之既衰，人皆愁苦而哀傷之，故《大序》曰："治世之音安以樂，其政和；亂世之音怨以怒，其政乖；亡國之音哀以思，其民困。"觀夫音之不同，而世道之升降，斷可識矣。周之盛也，合天下而歸往焉，故謂之"王"；及其衰也，名雖為王，其實相戾相矛盾，相違背，于是降而為"國風"，直與諸侯等爾等：齊等，可不哀哉！京周即鎬京西周都城，今陝西西安西南，天下之所宗也。成王之營洛邑，取夫朝貢之道里均道里：道路，路途。均：平均。意為洛邑居於天下中心，諸侯朝貢、會見諸侯皆方便，有時會諸侯于此，其實仍居鎬京爾。平王懲幽王之禍懲：恐懼。幽王之禍：周幽王末年，任用小人，寵幸褒姒，朝政暴戾，被申侯與西北少數民族犬戎聯兵打敗，西周滅亡，**畏犬戎之彊，徙于東都，而宗周遂不復至**宗周：指西周王朝。因周為所封諸侯國之宗主國，故稱。**曩時定都之地**曩時：往昔，過去，**變而為禾黍之場**(yì)，田畔，**周大夫過之，思先王之盛不可復見，所以不堪其憂也。稷始而苗，中而穗，終而實，蓋注目者屢矣。"如醉"，則甚于"搖搖"；"如噎**(yē)，咽喉蔽塞之名，謂憂深不能喘息，如噎之然是也"，則又甚于"如醉"，言其憂愈深也。呼天而告之曰："所以致此者，何人哉！"不以衰弱之故，而虧君臣之義，此所以微其辭也。嗚呼！周雖不競**強盛，強大**，鎬京之地猶在境內，而忠臣過之，猶悲憂如此，況有甚于此者乎！我國家建都于汴**汴梁，北宋都城，今河南開封**，既九朝矣，宗廟宮闕于是乎在。靖康之禍**北宋欽宗靖康二年(1127)，金兵攻陷汴京，燒殺搶掠，俘虜徽、欽二宗，北宋滅亡**，鞠為禾黍**鞠：完全**，非能如東周之在境內。神皋未復**神皋：神聖的土地，指京師**，敵久據之，往時朝會之地，今為敵人之居，此天地之大變，國家之大恥也。使周大夫生于今日，過其故都，其悲憂慘戚之情，又當如之何哉？平王惟不自彊，所以迄不能復西都之盛。聖主誠能反其所為，臥薪嘗膽，以復讎刷恥自期，則大勳之集大勳：大勳勞，大功業。集：成就，成功。指日可俟也俟(sì)：等待。人情之慘戚，將轉而為歌謠，豈不偉哉！惟聖主亟圖之。

揚之水篇

揚之水，不流束薪。彼其之子，不與我戍申。懷哉懷哉，曷月予還歸哉？

揚之水，不流束楚。彼其之子，不與我戍甫。懷哉懷哉，曷月予還歸哉？

揚之水，不流束蒲。彼其之子，不與我戍許。懷哉懷哉，曷月予還歸哉？

臣聞：人君有剛德剛健之德，陽剛之道，則朝廷無過舉錯誤行為。夫人君所以臨制四方臨制：謂統治治理，役使群動者謂使喚眾人，惟其剛也。是非可否之皆當于理，先後緩急之不失其序，惟至剛者能之。不剛則顛倒錯亂，當為者不能為，而不當為者反為之矣。平王之母家，申侯也申：古國名，姜姓，故城在今河南南陽。幽王嬖褒姒而黜申后嬖(bì)：寵幸。黜申后：廢申后正妻之位，太子奔申太子：指申后之子宜臼，申侯與犬戎攻宗周，而幽王隕通"殞"，死。晉侯、鄭伯迎太子于申而立之，是為平王。則申侯者，乃平王之父讎也。悼王室之中微中道衰微，痛讎恥之未刷，奮然作興，恢張紀綱恢張：恢宏，擴展。紀綱：同"綱紀"，法度，綱常，以正申侯之罪，則天王之剛德也。讎之不復，懷其私恩，又從而戍之戍：守邊，防守，弱孰甚焉！此人心之所以不服也。諸侯有難，方伯連帥方伯：一方諸侯之長。連帥：十國諸侯之長，率諸侯以戍之，義當然爾。王畿之卒，僅足以自衛，其可遠戍乎？平王為其所不當為，諸侯不服，莫為我用，而自以畿卒戍之，王室自是而愈卑矣。悠揚緩弱之水，雖"束薪—束薪柴"、"束楚—束荊條"、"束蒲—束蒲柳"之微不能流轉，以喻平王之不能役使諸侯也。"彼其之子"，指當時之侯國言之。申、甫、許，皆姜姓，故言申而並及甫、許焉。戍兵無幾，不能更代替換，更換，未有還歸之日，此周人之所以怨思也。父讎當復而不能復，母家不當戍而戍之，顛倒錯亂如此，安在其為剛德乎？嗚呼！居九五之尊位九五：《易》卦爻位名，指卦象自下而上第五位。後以指帝王之尊位，億兆之上億兆：指萬民，賞慶刑威，莫不在我，而柔弱如悠揚之水，亦可憐也。君天下者三復是詩，盍亦勵精求治，自強不息，而深以平王之柔弱為戒哉！

卷 四

羔裘篇

羔裘如濡,洵直且侯。彼其之子,舍命不渝。

羔裘豹飾,孔武有力。彼其之子,邦之司直。

羔裘晏兮,三英粲兮。彼其之子,邦之彥兮。

臣聞之《書》曰:"天命有德_{上天任命有德之人},五服五章哉。"語出《虞書·皋陶謨》。五服:古代天子、諸侯、卿、大夫、士五等服式。五章:章,花紋。五章指服裝上的五種不同文采,用以區別等級。夫衣服所以章德也_{章:彰顯},天之所命,奉而行之,非以私意與之也。有如是之德,斯有如是之服。當與而不與,不當與而與之,皆非所以奉天命,故古人于是致意焉_{致意:留意,關注}。羔裘,大夫之服也。《孔疏》云:"古之君子,在朝廷之上服羔皮為裘,其色潤澤如濡濕之然。"濡,潤澤也。豹飾,緣以豹皮也。晏,鮮盛也。英粲,飾也。其服可謂華矣,其人必賢乃能相稱,不然則所謂"彼其之子,不稱其服"矣。《曹風·侯人》句,《鄭箋》云:"不稱者,言其德薄而服尊。""洵直且侯",信其直且美也。

"舍命不渝",見危授命也。彥,美稱也。此古之君子,皆稱其服者也。鄭之大夫所服之裘,非不粲然可觀,而察其為人瑣瑣碌碌,非所當服而服焉。詩人不顯攻之_{意謂不直白批判之},而思古人,以寓規警之意_{規警:亦作"規儆",規勸警戒}。知彼之為優,則知此之為劣,所謂辭不迫切而意獨至也_{迫切:急迫嚴厲}。嗚呼!人臣策名委質_{策名:名字寫簡策上。委質:放下禮物}。古人始仕,必先收名於策,並向主子送上進見的禮物。舊指仕宦而獻身朝廷,立乎人之本朝,固將有益于國家也,其可無以稱其服乎?人君設官分職,錫之朝服_{錫:通"賜"},以華其躬_{謂以美其身},非徒富貴之也,其可不求夫可以稱其服者乎?三復是詩,深求其義,則君臣之道兩得。不然,則俱失之矣,可不謹哉!

女曰雞鳴篇

女曰雞鳴,士曰昧旦。子興視夜,明星有爛。將翱將翔,弋鳧與鴈。

弋言加之,與子宜之。宜言飲酒,與子偕老。琴瑟在御,莫不靜好。

知子之來之,雜佩以贈之。知子之順之,雜佩以問之。

知子之好之，雜佩以報之。

　　臣聞：人之一心，警戒則其德日新，宴安則其過日積宴安：謂逸樂，故《傳》有之曰："宴安酖毒酖(zhèn)毒：亦作"鴆毒"，毒酒。宴安酖毒，比喻因耽於逸樂而致殺身，不可懷也。"語出《左傳·閔公元年》中無所主，惡勞喜逸，氣體頹惰而不能自持，此所以溺于宴安也。況于夫婦之間，尤人情之所易溺者乎？道不足以制欲，志不足以帥氣，惑于淫姣而不溺焉者淫姣：淫佚，淫亂，鮮矣。觀《女曰雞鳴》之詩，何其相警戒之切也！女以為雞鳴，而士以為昧旦天將明未明之時。雞鳴之時，天猶未明也。昧旦，則在晦明之間矣。女又曰"明星有爛即"爛爛"，明亮貌"，則又未旦也，子其弋鳧鴈以供飲食乎？弋(yì)：用箭射。"加"者，射而中，男子之事也。"宜"者，烹飪不失其節，婦人之職也。衽席之上衽席：又作"袵席"，床席，臥席，人情之所易安，而古之為夫婦者，皆不以是為樂。未旦而興，勤于生理而不敢懈。此心清明，不為人欲所蔽，可不謂賢乎？雖然，"家人嗃嗃"與夫"婦子嘻嘻"者嗃嗃(hèhè)：嚴酷貌。所引二語皆出《周易·家人卦》："家人嗃嗃，悔厲，吉；婦子嘻嘻，終吝。"意謂："一家人愁怨嗷嗷，儘管有悔恨，有危險,但可獲吉祥;如果婦人孩童笑鬧嘻嘻,終致憾惜",固有間矣。然不若交相愛之,尤為可貴也。此詩以警戒為主,而味其"宜言飲酒,與子偕老。琴瑟在御,莫不靜好"之語,則情意浹洽,歡然無間。琴瑟友之,以寓其所樂,則不偏于嚴矣。嚴以警其怠,和以通其情,豈非尤可貴者歟?抑又有大于此者焉。無非無儀,惟酒食是議,固婦人之賢行也。而古人之為賢婦者,又不止是。今日子所招來而相與為友者,吾將雜佩以贈之,則其志甚大,乃《周南》之后妃"輔佐君子、求賢審官"之用心也,豈非婦人女子之難能乎?夫婦交相警戒,其德日進,遂至于此,非溺于宴安者之所能識也。孔子存此,以為萬世夫夫婦婦之法,誠用力于造端之地者,可不三復是詩哉?

山有扶蘇篇

　　山有扶蘇,隰有荷華。不見子都,乃見狂且。
　　山有橋松,隰有游龍。不見子充,乃見狡童。

　　臣聞:孟軻有言:"不信仁賢,則國空虛。"語出《孟子·盡心下》《春秋傳》曰:"不有君子,其能國乎?"語出

《左傳·文公十二年》夫仁賢君子，國之所恃以安疆者也。有之則為朝廷之光，無之則為社稷之辱。《南山有臺》《小雅》篇名，樂得賢之詩也。《詩序》云："《南山有臺》，樂得賢也。得賢則能為邦家立太平之基矣。"曰臺，曰萊，曰桑，曰楊，曰杞，曰李，曰栲，曰杻，曰枸，曰榆，以喻賢人之衆多也。南山北山之崇高也，必有生植之物，蔚然茂盛，斯稱其為山矣。朝廷之尊，必有衆多之賢，森然會集，斯稱其為朝廷矣。今此詩之大旨亦然。扶蘇，叢生之木也。喬松，竦直之木也。此山之所宜有者。荷華，芙蕖也。游龍，紅草也。此隰之所宜有者隰（xí），低濕之地。賢人之盛，獨非朝廷之所宜有乎？"子都"者，美秀之稱；"子充"者，篤實之謂。狂，言其放肆；狡，言其險詐。如此而是，如彼而非，如此而正，如彼而邪，豈不粲然黑白分明哉？今子都、子充宜見而不見，而狂與狡童不宜見而見，則是非邪正，顛倒錯亂，而紀綱法度，頹靡廢闕，安在其為朝廷之尊乎？《立政》之書曰："其勿以憸人憸（xiān）：姦佞，其惟吉士。"句意為：千萬不要任用姦佞之人，千萬要任用賢能之士。《立政》，《尚書》篇名。《書》之"憸人"，即《詩》之"狂狡"也。其意氣似勇決，其言論似開敏通達明敏，故世主往往惑焉世主：國君也，以為真可信任者，此國家之蟊賊也蟊(máo)賊：原指吃禾苗的害蟲。比喻危害國家或人民的人，可不芟夷之芟(shān)夷：剷除、屏棄之乎？公論之所謂美者，鄭忽以為惡鄭忽：鄭莊公之嫡長子，後為昭公；公論之所謂惡者，鄭忽以為美。狂狡肆其毒螫(shì)，毒害，危害，而賢者無以自存，尚何以保其邦乎？"知人則哲，惟帝其難之。"語出《尚書·皋陶謨》，原文作"咸若時，惟帝其難之。知人則哲，能官人。"孔安國傳曰："言帝堯亦以知人安民為難。"故雖堯舜之聖，而于此不敢忽。何為其不敢忽也？似是而非，足以亂真，取捨不當，而禍亂之所從生故也，惟聖明致察焉！

風雨篇

風雨淒淒，雞鳴喈喈。既見君子，云胡不夷？
風雨瀟瀟，雞鳴膠膠。既見君子，云胡不瘳？
風雨如晦，雞鳴不已。既見君子，云胡不喜？

臣聞：所貴乎君子者，不失其本心而已。天與人以此心至精至明，雖更歷萬變，而秉彝之懿秉彝：秉持常道。懿：美好，未始少虧，斯可謂之君子矣。故《書》曰：

"彰厥有常吉哉。"語出《尚書·皋陶謨》,意謂:"彰顯這些常道。"又曰:"其惟克用常人。"語出《尚書·立政》,意謂:"一定只能任用吉士賢人。"常者,不變之謂也。窮如是,達亦如是;始如是,終亦如是,是之謂"有常"。《中庸》曰:"國有道,不變塞焉,強哉矯！國無道,至死不變,強哉矯！"意謂:"國家有道,即使自己身處困窮也不改變操守,這才是最強！國家無道,雖死也不改變自己的操守,這才是最強！"塞,窮也,謂不變窮之所守也。死者人所甚畏,當死則死,不以為憚,可不謂之強乎？強立而不反,則可謂有常矣。《風雨》之作,淒淒瀟瀟,至于有如晦冥昏暗,陰沉,未嘗易其節節操。物固自有常也,可以人而不如物乎？始正而終邪,始勤而終怠,始明而終昏,皆不常其德也,皆改其度者也。君子則不然。吾有此良心,斯有此常度,規矩準繩,不可須臾離也。終身守之,不以時之污隆而貳其心,此人君之所當用也。今鄭國之君,棄其有常者而用其無常者,此詩人之所以思見君子焉。未見之時,如在險阻中,既見則平矣,故曰"夷平靜"。未見之時,如疾痛之在躬,既見則愈矣,故曰"瘳(chōu),病愈"。未見之時,此心戚戚然而憂,既見則釋然矣,此所以喜也。嗚呼！君子之未見與夫既見,人心休戚不同如此休戚:喜與憂,國之輕重繫于此故也。然則為人君者,豈可不汲汲皇皇亦作"汲汲遑遑",急切貌,求天下有常之士而信任之哉?

子衿篇

青青子衿,悠悠我心。縱我不往,子寧不嗣音?

青青子佩,悠悠我思。縱我不往,子寧不來?

挑兮達兮,在城闕兮。一日不見,如三月兮。

臣聞:人生天地間,所以異于群物者,以知有義理而已。義理,人心之所同,皆可以為善。然無以講明之,則終日昏昏,淪于惡習,與蠢然無識者殆無以異。所謂"飽食煖衣同"暖衣",逸居而無教安居而不加教化,則近于禽獸"語出《孟子·滕文公上》。古人病其然,設為庠序學校,漸摩陶冶漸摩:亦作"漸磨",浸潤,教育感化,使人心曉然,皆知義理之可貴,不為物欲所遷,則教之功也。嗚呼!是豈可一日廢乎?"青青子衿(jīn)",謂交領也衣領交疊於胸前,學子所服也。"青青子佩",謂佩玉也,《禮》"士佩瓀珉而青組綬"是也語出《禮記·玉藻》,原作:"士佩瓀玟而縕組綬。"瓀珉(ruǎnmín):似玉的美石。組綬:系玉的絲帶。士服其服，宜在學校，而逸遊于外，無親師取友之益，安在其為士乎？縱我不往教，而子亦不來學，雖音問亦不我通倒裝句，"亦不通我"，亦不與我相通。乃自肆于城闕之上自肆：放縱任意，以騁望為樂騁望：馳騁遊覽，此所謂"挑兮達兮"也《毛傳》云："往來貌"。挑達之樂在外，義理之樂在內。在外之樂，俄頃間爾俄頃：片刻，一會兒；在內之樂，生生不窮。而人心不明，昧于取舍，君子安得而不傷之？一日而廢飲食，不免于饑渴；一日而不務學，必放其良心放：放逸。良心：天賦的善良心性。良心陷溺，將不可以為人，此其為害，殆有甚于饑渴者。此所以一日不見，如三月之久也。雖然，士亦何罪？國君不以是為急，學校廢而不修，所以至是。然則為民上者，豈可不以教養為先哉？

鷄鳴篇

雞既鳴矣，朝既盈矣。匪雞則鳴，蒼蠅之聲。

東方明矣，朝既昌矣。匪東方則明，月出之光。

蟲飛薨薨，甘與子同夢。會且歸矣，無庶予子憎。

臣聞：人無常心，由天理而行，則是心常明；為人欲所蔽，則是心必昏。男女之欲，人情之所不能免也。溺于其所愛而忘其為可戒，則本然之心日以昏蝕矣。古之人以為家不齊不可以治國，故必擇賢妃正女，資禀不群而教飭有素者_{不群：與衆不同。教飭：教化，教導}，端本于宮壼之間_{端本：端正本源。宮壼：宮漏，古代宮中計時之具，指代宮中}。所言所行，率由正道，朝夕規警，而此心之明，莫或蔽之矣。聞蒼蠅之聲而以為雞鳴，見月出之光而以為日出，兢兢然惟恐朝臣之既至，而吾君之視朝稍晚，無以慰士大夫之心，不敢以為細故而忽之也_{細故：細微之事}。蟲飛薨薨，東方且明矣，而我猶與子甘寢而同夢_{甘寢：靜臥，安睡}，會于朝者皆欲歸其私家_{大夫以下稱家}，久俟于此，寧不見憎乎？_{見憎：被憎惡}。下憎其上，不美莫大焉。警策昏怠未明_{儆戒於昏怠不明}，求衣視朝不失其節_{求衣：索衣，指起床}，則我與子皆不見憎矣。嗚呼！為上者何可不念其臣乎？《中庸》曰："體群臣，則士之報禮重_{體察群臣，士大夫就會以重禮回報}。"勞逸休戚，同然無間，所謂體也。《卷耳》之詩，知臣下之勤勞，"陟彼崔嵬，我馬虺隤"，"陟彼高岡，我馬玄黃"。居宮闈之内，而能體其臣于道塗之艱難，此所謂賢后妃也。今此詩，亦念夫趨朝之臣_{趨朝：上朝}，可不謂賢

三　袁燮《絜齋毛詩經筵講義》四卷

乎？哀公荒淫怠慢哀公：齊哀公，前879年至前868年在位，無道甚矣。此詩不直指其失，而惟以古之賢妃所以警其君者言之，知彼之為善，則知此之為惡。幡然自省，能改其過，是亦賢君也。嗚呼！其善格君心之非者歟？格：糾正，匡正。

還篇

　　子之還兮，遭我乎峱之間兮。並驅從兩肩兮，揖我謂我儇兮。

　　子之茂兮，遭我乎峱之道兮。並驅從兩牡兮，揖我謂我好兮。

　　子之昌兮，遭我乎峱之陽兮。並驅從兩狼兮，揖我謂我臧兮。

　　臣聞：一國之風俗，國君為之也。上倡其下者謂之風，下從其上者謂之俗。故曰："君子之德風，小人之德草，草上之風必偃。"語出《論語·顏淵》，此句意謂風向哪邊吹，草就向哪邊倒。倡之者善，而從之者無不善，則風俗日以淳；倡之者不善，而從之者亦不善，則風俗日以薄澆薄。齊人之俗，其初未必皆好田獵馳逐也。惟哀公好之，故其下亦然，如影響之應影響：影子和回聲，形聲有不能自已者形聲：形狀和聲音。還，便捷貌也。茂與昌，皆盛也。獸生三歲曰肩。儇(xuān)，利也。臧，善也。我謂彼為還，彼以我為儇；我謂彼為茂，彼以我為好；我謂彼為昌，彼以我為臧。一國之人好田獵者衆，故猝然相遇，更相稱譽，不能自禁于齒頰之間謂口頭言語之間。其始曰還、曰儇，不過言其捷與利爾，猶未以為美也。至于曰茂、曰好、曰昌、曰臧，則皆以為美矣。視田獵馳逐，如蹈仁履義之深可貴矣。顛倒是非，轉移黑白，貴其所可賤，樂其所可憂，人心之昏蒙，一至此極哉！孟軻有言："上有好者，下必有甚焉者矣。"語出《孟子·滕文公上》古之人君，所以一嚬一笑不敢不謹者，蓋懼夫少有過差少：稍微，而國人又將甚于我也。此詩無一言譏哀公之失道，而獨以其習俗之不美者言之。觀枝葉之瘁枯槁，而本根之蹶挖掘，拔出，不言可知也，眞善警其君者歟警：警誡，告誡！孔子存此詩，所以欲萬世為人君者，謹其好惡而端其表儀也。即其田獵馳逐，觸類而長之，凡關于風俗者，皆當致謹。惟聖明深念之！

甫田篇

無田甫田，維莠驕驕。無思遠人，勞心忉忉。

無田甫田，維莠桀桀。無思遠人，勞心怛怛。

婉兮孌兮，總角丱兮。未幾見兮，突而弁兮。

臣讀孟軻書，觀齊宣王欲闢土地_{開辟領土}，朝秦楚_{使秦楚前來朝貢}，莅中國_{莅臨天下}，作為盟主，撫四夷_{安撫四方部族}，亦可謂大有為之志矣。而孟軻則曰："以若所為，求若所欲，盡心力而為之，後必有災。"_{語出《孟子·梁惠王上》}三復斯言，而後知軻之知本也。夫人孰無所欲？而必顧我之所為_{顧：反觀，反省}，果足以得此，則可以遂其欲矣。所為者卑污淺陋，而欲求光明俊偉之功，其可得乎？襄公以國君之尊，而躬為鳥獸之行，瀆亂天倫_{齊襄公曾與其妹文姜私通}，罪固不容誅矣。民事之不修，田獵之是好，觀其所為，無一合于義理者，此豈足以立非常之功乎？妄意于圖大，而無可以圖大之實；妄意于服遠_{使遠方順服}，而無可以服遠之具_{才具，才能}，此《詩》之所以刺也。田甚廣而力不及，則禾稼不茂，而稂莠實繁矣；人在遠而彊思之，則用心徒勞，而事功不集矣_{集：成功，成就}。曷不反而自求，退而自省乎？此詩人正本之論也。雖然,妄意于大者遠者固非矣,而無志于大者遠者,亦豈君子之所貴哉？今觀卒章之意,猶有望于襄公焉。"婉兮孌兮_{年少美好貌},總角丱兮_{總角:兒童之髮飾,狀如兩只羊角。丱(guàn):形容總角之形狀}",言童稚之時也。然長之養之,未至于甚久,而突然冠弁_{戴帽。古代男子二十而冠,表示成年},列于成人,理之必然也。然則大者遠者,雖不可以躁求_{急于求得},而亦可以馴致_{逐漸達到},豈若田甫田之力不及_{上"田"為"畋"之假借,耕種。甫田:大田,在當時屬領主所有},思遠人者之心徒勞哉？觀前二章,則知人君不可以妄圖;觀後一章,則知人君不可以無志。惟聖明深察之！

猗嗟篇

　　猗嗟昌兮,頎而長兮,抑若揚兮。美目揚兮,巧趨蹌兮,射則臧兮。

　　猗嗟名兮,美目清兮,儀既成兮。終日射侯,不出正兮,展我甥兮。

　　猗嗟孌兮,清揚婉兮,舞則選兮。射則貫兮,四矢反兮,以禦亂兮。

臣聞：人君有大德，有末節。身修而家齊，家齊而國治，德之大者也；威儀之可觀，技藝之可喜，節之末者也。目不兩視而明，耳不兩聽而聰，于此有餘，則于彼不足。古之人君，深知是心之不可分也。朝夕念慮，惟躬行是急，惟家齊是務，而薄物細故_{細微不可計較之事}，皆不暇及。大者既立，小者略之，乃所以全其大者也。魯桓斃于齊襄，夫人姜氏實為之_{魯桓公之妻文姜為齊襄公之妹，桓公十八年（前694），文姜與桓公共到齊國，乘機與其兄襄公私通，被桓公發覺，襄公終將桓公殺死}，既而往來于齊魯二國，曾無顧忌_{曾：竟然}。莊公之為人子_{魯莊公，桓公、文姜之子}，既不能追痛其父，又不能防閑其母_{防閑：防備，禁阻}，慙德多矣_{慙德：因言行有缺失而慚愧於心}。而惟修其威儀，精于技藝，為足以悅世俗之耳目，毋乃舍本而逐末乎？故齊人雖譽之，而實譏之。抑揚趨蹌《毛傳》云："抑，美色。揚，廣揚。蹌，巧趨貌"，言威儀也；美目清揚，言容貌也。射不出正，言中的也。四矢之反，既中而復中也。射至于終日而無一不中，其藝固精矣，而舞則又與樂節相應，故謂之"選"也_{選：整齊合拍}。人見之，誰不稱贊？而君子觀之，以為隱憂，何者？人惟一心不可以兩用也，役其精神于威儀技藝之末_{役：從事，施行}，豈能不妨其大者乎？雖然，射所以觀德謂通過射箭觀察其德行，內志不正，外體不直，不可以言中。其容貌不比于禮，其節不比于樂，亦非射之善者。今此詩三章，極稱其善射，于此觀德，孰曰不可？而反以為刺，不已誣乎？曰射固可貴也，不追念其父，不防閑其母，人之大倫乖戾如此，而獨精于射，豈能掩其惡乎？孔子存此一詩，所以欲萬世之下為人君者，明于大小之辨。大者不立，其餘何觀？射有似乎君子，且不足貴，況其他技藝？所謂"詩可以觀"者孔子語，出《論語·陽貨》，朱熹《詩集傳》云："考見得失"，蓋如此。

陟岵篇

　　陟彼岵兮，瞻望父兮。父曰嗟予子，行役夙夜無已。上慎旃哉，猶來無止。

　　陟彼屺兮，瞻望母兮。母曰嗟予季，行役夙夜無寐。上慎旃哉，猶來無棄。

　　陟彼岡兮，瞻望兄兮。兄曰嗟予弟，行役夙夜必偕。上慎旃哉，猶來無死。

　　臣聞：安佚者安樂舒適，人情之所甚欲；行役者因服役而外出跋涉，人情之所甚憚也。捨室家之樂，躬道塗之勞，險阻艱于跋履旅途辛勞奔波，寒暑切于體膚，父母兄弟，邈焉間隔，朝夕懷歸，不能自釋，此怨讟之所由興怨讟(dú)：亦作"怨黷"，怨恨誹謗。今觀《陟岵(zhìhù)》一詩，不惟不怨，而尊君戴上之心尊君戴上：尊敬擁戴國君及長上，無異于平居之時，此所謂"變風止乎禮義"者歟？方其離家之日，父則告之曰"夙夜無止"，是欲其不敢自息也；母則告之曰"夙夜無寐"，是欲其不遑寢處也；兄則告之曰"夙夜必偕"，是欲其與儕類偕行也。而三人者之言，又皆曰"尚慎旃哉"旃(zhān)：之、焉二字的合音。此句意謂"希望保重你自己呀"，丁寧告戒，如是其切，可不謂賢父母兄乎？陟其高山，望其父母兄不可見，則思其別時告戒之語，奉以周旋盤桓，反覆，不敢失墜喪失，可不謂賢子弟乎？一門之內，長幼尊卑，知有君而不知有身，知有國而不知有家，可謂達于大義，不蔽其良心矣。為下者能忠其上，而為上者可不卹其下乎？卹(xù)：憂念，憫惜。《采薇》、《東山》之詩分別屬《小雅》、《豳風》，序其情而憫其勞，入人之深，淪于骨髓淪：深入，陷入，此所以犯難而忘死也犯難：猶冒險；上卹其下，下忠其上，此所以交通而無間也_{交通：感通}。今日邊烽未息_{邊烽：邊疆報警的烽火，指爆發於邊境的戰事}，征夫暴露，自往年四月至今年三月，恰一歲矣。盛夏酷熱之時，不容解甲，至于生蛆；隆冬盛寒之際，坐臥被甲，其冷徹骨。糲飯虀羹_{糲飯：粗糲的飯食。虀(jī)：腌菜、醬菜之類}，終年食淡，而又驅之戰鬭(dòu)_{同"戰鬥"}，豈其所樂哉？念之忉之，聖心之所不能忘也。孰若賦勞還之詩，各歸其故壘，而以其供億之費_{供億：供給之物}，募沿邊壯勇之士，人人可用，莫非精兵，有捍禦之實，無出戍之苦，父母兄弟無復相離，保護鄉井_{家鄉，故鄉}，各致其力計，無便于此者。惟聖主亟圖之！

伐檀篇

　　坎坎伐檀兮，寘之河之干兮，河水清且漣猗。不稼不穡，胡取禾三百廛兮？不狩不獵，胡瞻爾庭有縣貆兮？彼君子兮，不素餐兮！

　　坎坎伐輻兮，寘之河之側兮，河水清且直猗，不稼不穡，胡取禾三百億兮？不狩不獵，胡瞻爾庭有縣特兮？彼君子兮，不素食兮！

　　坎坎伐輪兮，寘之河之漘兮，河水清且淪猗。不稼不穡，胡取禾三百囷兮？不狩不獵,胡瞻爾庭有縣鶉兮？彼君子兮,不素飧兮！

臣聞：人主之任官,不可有一毫之私。所共者天位_{天賜之職位},所治者天職,所食者天祿,無非天也,豈可以己意參之哉？故《書》曰："無曠官_{不要任用不稱職的官員},天工人其代之_{上天的職任,應由君臣代替完成}。"語出《尚書·皋陶謨》天至公也,代天而行,亦必公其心可也。賢者親之任之,不賢者疎之斥之。如權衡焉,非有意于輕重；如繩墨焉,非有意于曲直,斯可謂至公矣。宜親任者而疎斥之,宜疎斥者而親任之,安在其為公道乎？檀可以為車、為輪、為輻,伐之而寘諸河濱_{寘：通"置",放置},此賤者所為也。今而賢者,身親其勞,則失其職矣。不稼穡而得禾,不狩獵而得禽,此所謂無功而受祿也。今而在位在職,則非其任矣。是非顛倒,一至于是,天工之代,豈其然乎？"彼君子兮",指伐檀者言之也。得斯人而任之,則"不素餐"矣_{素餐：無功受祿,不勞而食}。人臣之患,莫大于素餐,非有忠言嘉謨也_{嘉謨：猶嘉謀,好的謀略},非能竭誠盡瘁也,而乘君子之器,食君子之祿。職業之瘝曠_{瘝,音guān。瘝曠：曠廢職守,}

政教之廢闕,生民之憔悴,皆此曹實為之_{此曹:等輩,儕}
_類,是豈能有補于國耶?今明主憂勤于上,而賢否混
淆于下,尸位素餐者尚多有之,怠惰廢弛,偷合苟容,
國之蠹民之殘也_{蠹(dù)民:危害人民之人}。擯斥一二,以
勵其餘,而擇其"不素餐"者親之,于是賢士爭奮,姦
回屏息_{姦回:姦惡邪僻之人},而綱紀大振矣。此當今之先
務也,惟聖明亟圖之。

碩鼠篇

碩鼠碩鼠,無食我黍。三歲貫女,莫我肯顧。逝將去女,
適彼樂土。樂土樂土,爰得我所!

碩鼠碩鼠,無食我麥。三歲貫女,莫我肯德。逝將去女,
適彼樂國。樂國樂國,爰得我直!

碩鼠碩鼠,無食我苗。三歲貫女,莫我肯勞。逝將去女,
適彼樂郊。樂郊樂郊,誰之永號!

　　臣聞:善為國者,富藏于民;不善為國者,富藏于
府庫。君民一體也,民既富矣,君安得而不富?不藏
于民而厚斂焉,民既竭矣,君亦安能獨豐哉?故有若
之言曰:"百姓足,君孰與不足?"_{語出《論語·顏淵》。有若:}

孔子弟子,字子有,後世尊稱為"有子"。荀卿言財貨本末源流,亦以為本原在下,而不在上也。彼魏君者,何足以知此?汲汲于聚斂而民心日離,是乃自蹶其本爾蹶(jué):挖掘,拔出。貫,事也,事其君者三歲矣。"莫我肯顧",言未嘗眷顧于我也;"莫我肯德",不以我為德也;"莫我肯勞",不知我之勞也。君不恤其民,民不戴其君戴:愛戴,擁戴,相率而去,遠適他邦,豈其本心然哉?衣食不足,無以自給,其勢不得不爾。鄭國"狡童"之刺《鄭風·狡童》之詩曰:"彼狡童兮,不與我言兮。維子之故,使我不能餐兮。//彼狡童兮,不與我食兮。維子之故,使我不能息兮。"《毛詩序》云:"《狡童》,刺忽也。不能與賢人圖事,權臣擅命也",雖曰不美,猶可言也。今而比之"碩鼠",殆又甚焉。君臨一國,國人愛之若父母,仰之如日月,畏之如雷霆,可也。而以"碩鼠"譏之,不君其君不把君主當作君主,至是而極矣。聖人存此詩,所以為重斂之深戒歟?重斂:猶苛稅。始曰樂土之得所居住,中曰樂國之得直"直"字素無定解,現存二說:通"值",意為公正的待遇(馬瑞辰《毛詩傳箋通釋》);通"職",意為處所(王引之《經義述聞》),固將去矣,而卒章則曰"誰之永號",吾其何之乎?惟有永號而已,言終不去也。君雖無道而終不忍去,此謂"變風止乎禮義者"歟？此夫子所以錄之也。

《榕園叢書》本李光廷跋語

右宋袁燮《絜齋毛詩經筵講義》四卷，《四庫全書》已著錄。案人主之學人主：人君，君主，首重經筵。取古聖人之大義微言，以推闡於君心國政，其意泛而不訐揚發、攻擊別人的隱私或過錯，其說微而易入，優游漸漬，匪僻之人焉者寡矣匪僻：邪惡。膺其選者膺：承擔，擔當，皆當代名流，咸思靖獻指臣下敬忠於君，故名臣講義可取者多。絜齋為袁文之子，學有淵源。此篇於《詩》中之義，反覆開陳，能盡其蘊，文亦明白坦易，使聞者洞解於心，可謂陳善之法矣。復讎之議，本其平素所持，張仲文《白獺髓》載，嘉定間嘉定：南宋寧宗年號（1208—1224），有戰守和之議戰守：攻和守，指作戰一派。和：指避戰和談一派。胡榘侍郎力主和胡榘：字仲方，廬陵（今江西吉安）人。胡銓之孫，官至工部、兵部尚書，四明袁侍郎專主戰，與胡忿爭，以笏擊胡公，中額下。侍從臺諫集議臺諫：指御史、諫議大夫等諫官。集議：共同評議，袁以此去，太學生三百五十四人送之。以詩中有"去草豈知因害稼，彈梟何事復驚鶯"語,則知《黍離》、《揚水》諸篇因事陳言,皆胸中忠義所激,非徒以邀衆譽也。《詩》自毛公遵《小序》,唐前無異議。至宋而鄭夾漈《詩辨妄》鄭夾漈:南宋經學家、史學家鄭樵,字漁仲,世稱"夾漈先生",著有《通志》等、王景文《詩總聞》始發難端王景文:南宋王質,字景文,號雪山,又有《雪山集》等,盡廢《小序》。朱子因之,至《詩集傳》出而毛學微矣。寧宗之末,朱學已行,此乃一依《小序》,題曰"毛詩"。當衆議方熾之時,獨能不雜時趨,力守先民矩矱(yuē)規矩法度,尤鐵中之錚錚者也。《提要》"鄭樸《敷文書說》"句,今《書說》明題鄭伯熊,想是未檢沒有核查清楚。要之,彼為科舉之學,此乃進御之詞,體裁自不同耳。

同治甲戌八月公元1874年8月,番禺李光廷識。

四　徐鹿卿《詩講義》一卷

辛酉進講

《四牡》:

四牡騑騑,周道倭遲。豈不懷歸?王事靡盬,我心傷悲。

四牡騑騑,嘽嘽駱馬。豈不懷歸?王事靡盬,不遑啓處。

翩翩者鵻,載飛載下,集於苞栩。王事靡盬,不遑將父。

翩翩者鵻,載飛載止,集於苞杞。王事靡盬,不遑將母。

駕彼四駱,載驟駸駸。豈不懷歸?是用作歌,將母來諗。①

臣聞:人主之學,與經生學士異。執經入侍者,必有以發明正理,開啓上心,然後可以無愧所學訓詁

---

① 《詩經》原文為校注者所加,本卷下同。

云乎哉,抑誦説云乎哉。《四牡》一詩,為"勞使臣"作也。《四牡》為《小雅》之第二篇,《詩序》云:"勞使臣之來也。"生民休戚,係所遣之是非;官吏臧否好壞,觀於使者之得失,不難於勞而難於遣。周人於此,何其謹①重之至謹重:慎重,而不敢苟哉!苟:苟且,隨便。方其行也,則寵以禮樂之華,勉以咨諏之寄咨諏(zōu):訪問商酌,謀劃;及其還也,則又述其勞勩不遑暇逸②之勤勞勩(yì):勞苦。暇逸:閒散安逸,而念其思親思家之意。歡欣悦懌,常浮於言意之外。臣子奔走於原隰阪險之間原隰(xí):廣平與低濕之地。阪險:斜坡與山澤,而微勞片善微小的優點,坐見於黼座蝺蜎之邃黼(fǔ)座:帝王的寶座,因天子座後設黼扆,故名。蝺蜎(yuānyuān):深廣貌,何其盡人之情,記人之功,纖悉至到若此!《易》曰:"説以使民説:通"悦",欣悦,民忘其勞。"語出《兌卦·象辭》臣子寧有見知而不説以忘勞者哉?王澤既微,古意漸盡,遣者既苟,勞者亦廢。往往朝辭禁門宮門,情態即異,暮宿州縣,威福便行。纔有尺寸之權可以藉手,則無非毒民厲衆之事毒害民衆之

---

① "謹",四庫本作"慎"。
② "逸",底本無,據四庫本補。

事,既不知所以遣之,借曰勞之,亦徒以為欺,而不足以為惠矣。今宜追做古意,嚴於遣而勞行焉。我朝盛時,鮮于侁嘗使京東鮮于侁(shēn):(1018—1087),字子駿,四川閬中度門鎮人,宋仁宗景佑元年進士,累官至集賢修撰,為官清正,既又再使,司馬光歎曰:"一道福星也!安得百子駿布在天下乎?百子駿:一百個鮮於侁。"由今而言,一遣已病,況再乎?一人已多,況百乎?張詠守金陵張詠(946—1015):字復之,自號"乖崖",濮州鄄城人,官至禮部尚書。金陵:今南京,范延貴一殿直爾殿直:皇帝的侍從官。詠問天使沿路曾見好官員否天使:天子的使者,延貴曰:"昨過袁州,萍鄉邑宰張希顏者,雖不識之,知其好官員也。"問其故,曰:"驛舍橋道全葺,田萊墾闢,野無惰農,肆無賭賻①,市易無喧爭,夜宿邸中,更鼓分明,是知其必善政也。"詠笑曰:"希顏固善矣,天使亦好官員也。"即日同薦于朝。古道既薄,上下往往交相為瘉瘉:病也,有採訪人物於一殿直如詠者乎?採訪:探問尋訪。有天使過邑而縣宰不識者乎?是可歎也。雖然,臣豈敢謂今世遂無其人哉?精遣而後勞之,是在陛下一

---

① "賻",四庫本作"博"。

轉移間爾_{轉移：改變，轉變。}

癸巳進講

《皇皇者華》：

皇皇者華，于彼原隰。駪駪征夫，每懷靡及。

我馬維駒，六轡如濡。載馳載驅，周爰咨諏。

我馬維騏，六轡如絲。載馳載驅，周爰咨謀。

我馬維駱，六轡沃若。載馳載驅，周爰咨度。

我馬維駰，六轡既均。載馳載驅，周爰咨詢。

臣觀遣勞使臣之詩二篇_{當指《小雅》之《四牡》與《皇皇者華》二詩}，《皇皇者華》詩序云："君遣使臣也"，相為首尾。臣於前篇言當遣而後勞，蓋以遣重於勞也。夫使臣之職，惟以詢訪為先務。人主以求賢自輔為心，則可以自廣其聰明；人臣以訪善報君為心，則可以輔成人主之德意。將命而行_{將命：奉命}，靡不周徧_{同"周遍"}，四方萬里，皆如在畿甸之間_{畿(jī)甸：指京城地區}，斯謂為不辱君命矣。然嘗觀《春秋傳》穆叔之言曰_{穆叔：又名叔孫穆子、叔孫豹，春秋時魯國大夫}："訪問於善為咨_{向善人訪求詢問稱作咨}，咨親為詢_{咨詢親戚之事稱作詢}，咨禮為度_{咨詢禮儀稱作度}，咨事為諏咨詢政事稱作諏，咨難為謀咨詢困難稱作謀。"語出《左傳·襄公四年》雖各有意，然皆欲其訪求善道，同歸于正而已。夫苟正直恭儉不以言，則非咨善矣；人倫天倫不以明，則非咨親矣；孝弟忠信不以白，則非咨禮矣；田里愁歎不以聞，則非咨事矣；水旱盜賊不以達，則非咨難矣。志不在於善道，而以摘發隱伏為能摘發隱伏：揭發隱秘，以浮言單辭為信浮言：無根據的話。單辭：單方面言辭，以欺詆生事為心，則臣恐壅上德堵塞帝德，賊生民殘害百姓，將自遣使始，豈周人詢謀之本旨哉？惟明主重之。

丁卯進講

《常棣》：

常棣之華，鄂不韡韡。凡今之人，莫如兄弟。

死喪之威，兄弟孔懷。原隰裒矣，兄弟求矣。

脊令在原，兄弟急難。每有良朋，況也永歎。

兄弟鬩于牆，外禦其務。每有良朋，烝也無戎。

喪亂既平，既安且寧。雖有兄弟，不如友生。

儐爾籩豆，飲酒之飫。兄弟既具，和樂且孺。

妻子好合，如鼓瑟琴。兄弟既翕，和樂且湛。

宜爾室家，樂爾妻帑。是究是圖，亶其然乎！

卷子講《常棣》至①"烝也無戎"云：《常棣》：《小雅》篇名，次於《皇皇者華》，《詩序》云："燕兄弟也。"烝：終久。戎：幫助臣觀此詩八章，說者皆知其欲篤於兄弟，固也，然不察詩人起興之本旨，則猶未足以言詩也。夫一篇之中所興者二，以"常棣"興常棣：樹名，今之鬱李，落葉小灌木，果實比李小而可食，則見其衆多相輔，一氣同枝，自相親倚，非有假於外者假：借也，天性也。以"脊令"興脊令：一種水鳥，又名雝渠，大如燕雀，毛色黑白相間，則見其飛鳴動搖，出於至情，不能自舍，非有所待於人者，亦天性也。知二章之所以興，則其餘六章之義可識矣。蓋兄弟，天倫也，天理不可泯，則兄弟不可離，是皆自然而然，動於中而不容已者。周公閔二叔而誨之二叔：指周武王之弟管叔與蔡叔，曾與商紂之子武庚發動叛亂，史稱"三監之亂"，使非本諸固然之天，以感發其至性，則雖欲強為糾合集合，聚合，庸可得乎？庸：哪裏。若餘章，不過反覆鋪陳，使知是理之不可不深體，而有以見凡今之人，皆莫有過於

---

① "至"，原作"止"，為雙行小字，據四庫本改。

兄弟者也。何以明其然哉？死亡之可哀①，惻然懷思而致其情者惻然：哀憐貌，悲傷貌，兄弟也；急難之不料，樂於協②力而盡其助者，兄弟也；外侮之侵凌，相與扞禦而不敢避者扞(hàn)禦：抵禦，亦兄弟也，皆所以深言兄弟之不可及也。至於他人，則雖有矜閔③之情，逮勢力稍不及逮：及，及至，則有相視長歎息而已矣；利害稍相涉，則有避遠④不敢近，而無復致其力者矣。天真所存天真：事物之天然本性，其可誣哉！臣故首及之，以發詩人之本旨云。

口奏云口頭陳奏：司馬牛憂曰：司馬牛：孔子弟子，名耕，一名犂，字子牛，宋國人，相傳爲宋國大夫桓魋之弟"人皆有兄弟，我獨亡通"無"，沒有。"語出《論語·顏淵》牛有兄弟而言亡，慨然形於傷嘆如此，必其心大有所感動者。然則天理人心之際，凡有似此者，豈得不惻然興懷哉？

---

① "哀"，原作"為"，據四庫本改。
② "協"，四庫本作"叶"。
③ "閔"，四庫本作"憫"。
④ "避遠"，四庫本作"遠避"。

冬十一月己卯進講

卷子論《常棣》至①末章云：臣觀上五章，皆反觀展轉以致其情，言兄弟至親，不可暫離，而終可託可恃者，以其為天屬故也，所謂出於天之本然者也。至此，則又反其言辭。世俗既降，方喪亂則思兄弟，及安寧則懷友生_{友人}，_{友朋}，是謂於所厚者薄而失其本心矣。因是心而糾合之，誰能不自反乎？既又為之旁證曲諭_{多方曉諭}，以盡其情。飲燕樂矣，然非兄弟皆至，則其樂不足慕；"妻子好合_{與妻子相親愛相配合}，如鼓瑟琴"，樂矣，然非兄弟翕(xī)合_{和睦，協合}，則其樂不能深久。樂至於可慕可久，皆由兄弟而後致，則知兄弟信非他人之可及也。然自二叔之變，雖以至親，且日以衰薄，推而至於九族_{以自己為本位，上推至四世之高祖，下推至四世之玄孫為九族。一說父族四、母族三、妻族二為九族}，則薄益甚矣。其曰謂他人父、謂他人母、謂他人昆_{兄長}，是乃失其本心糾合之道。若只②以言辭諭之，未必信其然

---

① "至"，原作"止"，為雙行小字，據四庫本改。
② "只"，四庫本作"止"。

也。又謂"宜室家"、"樂妻孥妻子和孩子",而後兄弟之情可久。試究竟而深圖之究竟:推求,追究,其道豈不信然哉？周公親親之心親親:親愛自己的親屬,於此可謂至矣。然有不幸而遇天理人倫之變者,宜如何①哉？象之於舜象:舜之同父異母弟,曾多次謀殺舜而未遂,是自絕於天者也。孟軻乃曰："仁人之於弟也,不藏怒焉,不宿怨焉宿怨:懷恨於心,親愛之而已。"語出《孟子·萬章上》臣以為親愛之迹,或有所不能及；而親愛之理,則不可一日忘。此念一存,則"一家仁,一國興仁"矣。此舜之所以與天合也,惟聖明念之。

己亥進講

《伐木》:

伐木丁丁,鳥鳴嚶嚶。出自幽谷,遷于喬木。嚶其鳴矣,求其友聲。相彼鳥矣,猶求友聲。矧伊人矣,不求友生。神之聽之,終和且平。

伐木許許,釃酒有藇。既有肥羜,以速諸父。寧適不來,微我弗顧。於粲灑掃,陳饋八簋。既有肥牡,以速諸舅。寧

---

① "如何",四庫本作"何如"。

適不來,微我有咎。

伐木於阪,釃酒有衍。籩豆有踐,兄弟無遠。民之失德,乾餱以愆,有酒湑我,無酒酤我。坎坎鼓我,蹲蹲舞我。迨我暇矣,飲此湑矣。

卷子講《伐木》一篇云:《伐木》,《小雅》篇名,次於《常棣》,《詩序》云:"燕朋友故舊也"**臣竊觀周之盛時,所以治安千百歲而不可拔者**治安:政治清明,社會安定,**正以大綱小紀,詳法略則,足以為後世憑藉扶持之計故也。其後《小雅》盡廢,至於蕩蕩無綱紀文章,卒至於徒擁虛名,而國非其國矣。今聖祖神宗精神心術之所建置,櫛風沐雨之所經營者**櫛(zhì)風沐雨:風梳髮,雨洗頭。形容奔波勞苦,**至於近年,百度浸已廢墜不舉**百度:各種制度,**所恃以為安者,僅有累世仁厚一脈。而《四牡》之君臣、《常棣》之兄弟,《伐木》之朋友故舊,所謂建"三綱"以為綱**君為臣綱、父為子綱、夫為妻綱為"三綱",**立"五常"以為常**仁、義、禮、智、信為"五常",一說指父義、母慈、兄友、弟恭、子孝之五種倫理道德,**猶幸無恙爾。若《鹿鳴》、《皇華》、《天保》、《采薇》、《出車》、《杕杜》、《魚麗》、《南陔》、《白華》、《華黍》、《由庚》、《嘉魚》、《崇丘》、《南山有臺》、《由儀》、《蓼蕭》、《湛露》、《彤弓》、《菁莪》之類，或荒茀而不修_{荒茀（bó）：荒廢}，或廢壞而不復，而上安下恬，視為不切慮_{急切考慮的事}，不動於耳目幾何，而不至於《小雅》盡廢哉！扶持修飭，要當汲汲而圖之，臣以為當自君臣、朋友、兄弟，凡有關於綱常之大者，先致意以明其本，而以忠信孝弟、廉恥禮義諸詩，相與修輔而維持之，則《小雅》庶幾可以漸復矣。此乃緩而實急者，惟聖明深念之！

戊辰進講

《天保》：

天保定爾，亦孔之固。俾爾單厚，何福不除。俾爾多益，以莫不庶。

天保定爾，俾爾戩穀。罄無不宜，受天百祿。降爾遐福，維日不足。

天保定爾，以莫不興。如山入阜，如岡如陵。如川之方至，以莫不增。

吉蠲為饎，是用孝享。禴祠烝嘗，于公先王。君曰卜爾，萬壽無疆。

神之吊矣，詒爾多福。民之質矣，日用飲食。群黎百姓，徧為爾德。

如月之恒,如日之昇,如南山之壽,不騫不崩。如松柏之茂,無不爾或承。

卷子講《天保》一篇云:《天保》,《小雅》篇名,次於《伐木》,《詩序》云:"下報上也,君能下下以成其政,臣能歸美以報其上焉"臣觀此詩,自三章以前,皆以"天保定爾"為首詩句意為:上天保佑庇護您,蓋言天之所以保安于君①者,無一不至,且進進而未已。山川之高深,岡陵之廣大,日月之光明,松栢之茂密,皆未足以形容其福之盛。至若四時豐潔酒醴以事其先王先公者豐潔:俎豆飲食豐盛潔淨。酒醴(lǐ):泛指各種酒,神亦降之福,而神之來格者來格:來臨,到來,皆詒爾以福詒:給予,贈送。斯民質實無為,但日用飲食而已,言群黎百姓皆助爾,而為福也至此,則天地兩間猶天地兩界,山川鬼神,莫不錫之福錫:通"賜",此固天之所保定於我君之本旨也。雖然,天之錫福於君者如此,則君之所以受福於天者,固無窮矣。然臣竊謂君之所以自求多福者,猶有在焉。仰體列聖

---

① "君",原作"善",誤,據四庫本改。

仁厚之意，則生不傷、厚不困者，一念不可忘也；深察內外是非之分，則進忠厚、退浮薄者，一事不可忽也。天下之事固衆矣，是二者尤為集福之本集福：集納福祿，臣請得終言之。

十二月乙未進講

《采薇》：

采薇采薇，薇亦作止。曰歸曰歸，歲亦莫止。靡室靡家，玁狁之故。不遑啟居，玁狁之故。

采薇采薇，薇亦柔止。曰歸曰歸，心亦憂止。憂心烈烈，載飢載渴。我戍未定，靡使歸聘。

采薇采薇，薇亦剛止。曰歸曰歸，歲亦陽止。王事靡盬，不遑啟處。憂心孔疚，我行不來。

彼爾維何？維常之華。彼路斯何？君子之車。戎車既駕，四牡業業。豈敢定居，一月三捷。

駕彼四牡，四牡騤騤。君子所依，小人所腓。四牡翼翼，象弭魚服。豈不日戒，玁狁孔棘。

昔我往矣，楊柳依依。今我來思，雨雪霏霏。行道遲遲，載渴載飢。我心傷悲，莫知我哀。

卷子講《采薇》一篇云：《采薇》，《小雅》篇名，次於《天保》,《詩序》云:"遣戍役也。文王之時,西有昆夷之患,北有玁狁之難,以天子之命,命將帥,遣戍役,以守衛中國,故歌《采薇》以遣之。"臣竊謂興兵動衆,人情之所甚難也。苟無其道,尚安能强之必我從哉?必我從:倒裝句,"必從我"。《易》之《兌》曰:"説以使民說:通"悦",民忘其勞;説以犯難,民忘其死。説之大欣悦的意義那樣宏大,民勸矣①哉!可以使百姓自我勸勉啊!"然後知古人使民輕於犯難者,以明夫"説"之道也。故遣使之詩,必先使天下曉然知用兵非我之本意,又爲備述其勞勤困苦之狀,如親履其地而親見其事,雖曰託諸戎役之自言戎役:兵役,而實則以明我之深察其情也。其有不説以犯難而忘其死者哉?此可以觀詩人體物之心矣。

---

① "大民勸矣",原作"勸民大矣",誤,據四庫本改。

图书在版编目（CIP）数据

宋人經筵詩講義四種/(宋)張綱等撰；周春健校注.—北京：華夏出版社，2016.5
（中國傳統：經典與解釋）
ISBN 978-7-5080-8764-1

Ⅰ.①宋… Ⅱ.①張… ②周… Ⅲ.①古體詩－詩集－中國－春秋時代 ②《詩經》－注釋 Ⅳ.①I222.2

中國版本圖書館CIP數據核字(2016)第051461號

宋人經筵詩講義四種

作　　者	(宋)張綱 等
校　　注	周春健
責任編輯	王霄翎
責任印制	劉　洋
出版發行	華夏出版社
經　　銷	新華書店
印　　刷	三河市少明印務有限公司
裝　　訂	三河市少明印務有限公司
版　　次	2016年5月北京第1版 2016年5月北京第1次印刷
開　　本	880×1230　1/32
印　　張	5.5
字　　數	89千字
定　　價	33.00元

華夏出版社　地址：北京市東直門外香河園北里4號　郵編：100028
網址：http://www.hxph.com.cn　電話：(010)64663331(轉)
若發現本版圖書有印裝質量問題，請與我社營銷中心聯繫調換。

西方传统：经典与解释

古今丛编

孟德斯鸠的自由主义哲学
——《论法的精神》疏证
[美]潘戈 著

古典诗学之路（重订版）
——相遇与反思：与伯纳德特聚谈
[美]伯格 编

莫尔及其乌托邦
[德]考茨基 著

试论古今革命
[法]夏多布里昂 著

托兰德与激进启蒙
刘小枫 编

《劳作与时日》笺释
吴雅凌 撰

图书馆里的古今之战
[英]斯威夫特 著

但丁：皈依的诗学
[美]弗里切罗 著

在西方的目光下
[英]康拉德 著

大学与博雅教育
董成龙 编

恐惧与战栗
[丹麦]基尔克果 著

探究哲学与信仰——基尔克果与苏格拉底
[美]郝岚 著

穆佐书简
[奥]里尔克 著

撒路斯特与政治史学
刘小枫 编

民主的本性——托克维尔的政治哲学
[法]马南 著

希罗多德的王霸之辨
吴小锋 编/译

梅尔维尔的政治哲学——《切雷诺》及其解读
李小均 编/译

第二代智术师——罗马帝国早期的文化现象
安德森 著

英雄诗系笺释
[古希腊]荷马 著

统治的热望
——修昔底德笔下的阿尔喀比亚德和帝国政治
[美]福特 著

西方传统：经典与解释
Classici et Commentarii
HERMES
刘小枫◎主编

席勒美学的哲学背景
[美]维塞尔 著

雅典谐剧与逻各斯
——《云》中的修辞、谐剧性及语言暴力
[美]奥里根 著

莱园哲人伊壁鸠鲁
罗晓颖 选编

果戈里与鬼
[俄]梅列日科夫斯基 著

托尔斯泰与陀思妥耶夫斯基
[俄]梅列日科夫斯基 著

自传性反思
[德]沃格林 著

黑格尔与普世秩序
[美]希克斯 等著

新的方式与制度
——马基雅维利的《论李维》研究
[美]曼斯菲尔德 著

论埃及神学与哲学——伊希斯与俄赛里斯
[古希腊]普鲁塔克 著

凯撒的剑与笔
李世祥 编/译

纪念苏格拉底——哈曼文选
刘新利 选编

科耶夫的新拉丁帝国
[法]科耶夫 等著

夜颂中的革命和宗教——诺瓦利斯选集卷一
[德]诺瓦利斯 著

大革命与诗化小说——诺瓦利斯选集卷二
[德]诺瓦利斯 著

《利维坦》附录
[英]霍布斯 著

巨人与侏儒
[美]布鲁姆 著

或此或彼（上、下）
[丹麦]基尔克果 著

海德格尔与有限性思想（重订版）
刘小枫 选编

海德格尔式的现代神学
刘小枫 选编

论宗教大法官的传说
[俄]罗赞诺夫 著

上帝国的信息
[德]拉加茨 著

双重束缚
[美]基拉尔 著

俄耳甫斯教祷歌
吴雅凌 编译

俄耳甫斯教辑语
吴雅凌 编译

黑格尔的观念论
[美]皮平 著

古今之争中的核心问题
[德]迈尔 著

浪漫派风格——施莱格尔批评文集
[德]施莱格尔 著

神圣的罪业
[美]伯纳德特 著

论永恒的智慧
[德]苏索 著

宗教经验种种
[美]詹姆斯 著

尼采反卢梭
[美]凯斯·安塞尔-皮尔逊 著

施米特对自由主义的批判
[美]约翰·麦考米克 著

舍勒思想评述
[美]弗林斯 著

诗与哲学之争
[美]罗森 著

基督教理论与现代
[德]特洛尔奇 著

亚历山大的克雷蒙
[意]塞尔瓦托·利拉 著

伊壁鸠鲁主义的政治哲学
[意]詹姆斯·尼古拉斯 著

神圣与世俗
[罗]伊利亚德 著

中世纪的心灵之旅——波纳文图拉神学著作选
[意]圣·波纳文图拉 著

论古人的智慧
[英]培根 著

柏拉图注疏集

哲学的奥德赛——《王制》引论
[美]郝兰 著

爱欲与启蒙的迷醉——论柏拉图的《会饮》
[美]贝尔格 著

为哲学的写作技艺一辩——《斐德若》疏证
[美]伯格 著

柏拉图式的迷宫——《斐多》义疏
[美]伯格 著

人应该如何生活
[美]布鲁姆 著

情敌
[古希腊]柏拉图 著

哲学如何成为苏格拉底式的
[美]朗佩特 著

苏格拉底与希琵阿斯
王江涛 编译

理想国
[古希腊]柏拉图 著

谁来教育老师——《普罗塔戈拉》发微
刘小枫 编

立法者的神学——柏拉图《法义》卷十绎读
林志猛 编

柏拉图对话中的神
[德]薇依 著

厄庇诺米斯
[古希腊]柏拉图 著

智慧与幸福——柏拉图的《厄庇诺米斯》
程志敏 选编

论柏拉图对话
[德]施莱尔马赫 著

柏拉图《美诺》疏证
[美]克莱因 著

政治哲学的悖论——苏格拉底的哲学审判
[美]郝岚 著

神话诗人柏拉图
张文涛 选编

阿尔喀比亚德
[古希腊]柏拉图 著

叙拉古的雅典异乡人——柏拉图《书简七》探幽
彭磊 选编

阿威罗伊论《王制》
[阿拉伯]阿威罗伊 著

《王制》要义
刘小枫 选编

柏拉图的《会饮》
[古希腊]柏拉图 等著

苏格拉底的申辩
[古希腊]柏拉图 著

苏格拉底与政治共同体
[美]尼科尔斯 著

政制与美德——柏拉图《法义》疏解
[美]潘戈 著

《法义》导读
[法]卡斯代尔·布舒奇 著

论真理的本质
[德]海德格尔 著

哲人的无知
[德]费勃 著

米诺斯
[古希腊]柏拉图 著

亚里士多德注疏集

品格的技艺
[美]加佛 著

亚里士多德哲学的基本概念
[德]海德格尔 著

《政治学》疏证
[意]托马斯·阿奎那 著

尼各马可伦理学义疏
　　——亚里士多德与苏格拉底的对话
[美]伯格 著

哲学之诗——亚里士多德《诗学》解诂
[美]戴维斯 著

对亚里士多德的现象学解释
[德]海德格尔 著

城邦与自然——亚里士多德与现代性
刘小枫 编

论诗术中篇义疏
[阿拉伯]阿威罗伊 著

哲学的政治——亚里士多德《政治学》疏证
[美]戴维斯 著

色诺芬注疏集

居鲁士的教育
[古希腊]色诺芬 著

驯服欲望——施特劳斯笔下的色诺芬撰述
[法]科耶夫 等著

论僭政——色诺芬《希耶罗》义疏
[美]施特劳斯 著

色诺芬的《会饮》
[古希腊]色诺芬 著

莎士比亚绎读
　莎士比亚的历史剧
　[英]帝利亚德 著

　莎士比亚笔下的爱与友谊
　[美]布鲁姆 著

　莎士比亚戏剧与政治哲学
　彭磊 选编

　莎士比亚的政治盛典
　[美]阿鲁里斯/苏利文 编

　丹麦王子与马基雅维利
　罗峰 选编

卢梭集

论哲学生活的幸福
[德]迈尔 著

致博蒙书
[法]卢梭 著

政治制度论
[法]卢梭 著

哲学的自传——卢梭的《孤独漫步者的遐思》
[法]卢梭 著

文学与道德杂篇
[法]卢梭 著

设计论证——卢梭的《社会契约论》
[美]吉尔丁 著

卢梭的自然状态
[美]普拉特纳 等著

卢梭的榜样人生——作为政治哲学的《忏悔录》
[美]凯利 著

莱辛注疏集

汉堡剧评
[德]莱辛 著

关于悲剧的通信
[德]莱辛 著

《智者纳坦》研究版
[德]莱辛 等著

启蒙运动的内在问题——莱辛思想再释
[美]维塞尔 著

莱辛剧作七种
[德]莱辛 著

历史与启示——莱辛神学文选
[德]莱辛 著

论人类的教育——莱辛政治哲学文选
[德]莱辛 著

尼采注疏集

尼采引论
[德]施特格迈尔 著

尼采与基督教——尼采的《敌基督》论集
刘小枫 编

尼采眼中的苏格拉底
[美]丹豪瑟 著

尼采的使命——《善恶的彼岸》绎读
[美]朗佩特 著

尼采与现时代——解读培根、笛卡尔与尼采
[美]朗佩特 著

动物与超人之间的绳索
[德]A.彼珀 著

施特劳斯集

苏格拉底问题与现代性[增订本]
——施特劳斯演讲与论文集:卷二
[美]列奥·施特劳斯 著

政治哲学与启示宗教的挑战
[德]迈尔 著

霍布斯的宗教批判
[美]列奥·施特劳斯 著

斯宾诺莎的宗教批判
[美]列奥·施特劳斯 著

门德尔松与莱辛
[美]列奥·施特劳斯 著

哲学与律法——论迈蒙尼德及其先驱
[美]列奥·施特劳斯 著

迫害与写作艺术
[美]列奥·施特劳斯 著

柏拉图式政治哲学研究
[美]列奥·施特劳斯 著

阅读施特劳斯
[美]斯密什 著

《会饮》讲疏
[美]列奥·施特劳斯 著

柏拉图《法义》的论辩与情节
[美]列奥·施特劳斯 著

什么是政治哲学
[美]列奥·施特劳斯 著

古典政治理性主义的重生
[美]列奥·施特劳斯 著

施特劳斯与流亡政治学
[美]谢帕德 著

犹太哲人与启蒙
——施特劳斯演讲与论文集:卷一
[美]列奥·施特劳斯 著

回归古典政治哲学——施特劳斯通信集
[美]列奥·施特劳斯 著

隐匿的对话——施米特与施特劳斯
[德]迈尔 著

苏格拉底与阿里斯托芬
[美]列奥·施特劳斯 著

伯纳德特集

弓与琴(重订版)——从柏拉图解读《奥德赛》
[美]伯纳德特 著

古典学丛编

希腊古风时期的真理大师
[法]德蒂安 著

古罗马的教育
[英]葛怀恩 著

古典学与现代性
刘小枫 编

表演文化与雅典民主政制
[英]戈尔德希尔、奥斯本 编

西方古典文献学发凡
刘小枫 编

古典语文学常谈
克拉夫特 著

古希腊文学常谈
[英]多佛 等著

修昔底德集

修昔底德笔下的人性
[加]欧文 著

修昔底德笔下的演说
[美]斯塔特 著

古希腊政治理论
格雷纳 著

赫西俄德集

神谱笺释
吴雅凌 撰

赫西俄德:神话之艺
[法]居代·德·拉孔波 等著

赫拉克勒斯之盾笺释
罗逍然 译笺

古希腊诗歌丛编

阿尔戈英雄纪(上、下)
[古希腊]阿波罗尼俄斯 著

诗歌与城邦
[美]费拉格、纳吉 主编

品达注疏集
幽暗的诱惑——品达、晦涩与古典传统
[美]汉密尔顿 著

阿里斯托芬集
《阿卡奈人》笺释
[古希腊]阿里斯托芬 著

古希腊肃剧注疏集
希腊肃剧与政治哲学
[美]阿伦斯多夫 著

希伯莱圣经历代注疏
希腊化世界中的犹太人
[英]威尔逊 著

第一亚当和第二亚当
[德]朋霍费尔 著

新约历代经解
属灵的寓意
[古罗马]俄里根 著

维吉尔注疏集
《埃涅阿斯纪》章义
王承教 选编

维吉尔的帝国
阿德勒 著

塔西佗集
塔西佗的政治史学
曾维术 编

但丁集
但丁的圣约书
[美]霍金斯 著

洛克集
上帝、洛克与平等
[美]沃尔德伦 著

施米特集
宪法专政——现代民主国家中的危机政府
[美]罗斯托 著

美国宪政与古典传统
美国1787年宪法讲疏
[美]阿纳斯塔普罗 著

大学素质教育读本
古典诗文绎读 西学卷·古代编（上、下）
古典诗文绎读 西学卷·现代编（上、下）

中国传统：经典与解释
Classici et Commentarii

刘小枫　陈少明◎主编

《毛诗》郑王比义发微
史应勇 著

宋人经筵诗讲义四种
[宋]张纲 等撰

道德真经四子古道集解
[金]寇才质 撰

皇清经解提要
[清]沈豫 撰

冬灰录
[明]方以智 著

从公羊学论《春秋》的性质
阮芝生 撰

药地炮庄笺释·总论篇
[明]方以智 著

松阳讲义
[清]陆陇其 著

起凤书院答问
[清]姚永朴 撰

青原志略
[明]方以智 原编

冬炼三时传旧火——港台学人论方以智
邢益海 编

药地炮庄
[明]方以智 著

周礼疑义辨证
陈衍 撰

经学通论
[清]皮锡瑞 著

韩愈志
钱基博 著

论语辑释
陈大齐 著

《庄子·天下篇》注疏四种
张丰乾 编

荀子的辩说
陈文洁 著

古学经子——十一朝学术史述林
王锦民 著

经学以自治——王闿运春秋学思想研究
刘少虎 著

《铎书》校注
孙尚扬 肖清和 等校注

经典与解释辑刊（刘小枫 陈少明 主编）

1 柏拉图的哲学戏剧
2 经典与解释的张力
3 康德与启蒙
4 荷尔德林的新神话
5 古典传统与自由教育
6 卢梭的苏格拉底主义
7 赫尔墨斯的计谋
8 苏格拉底问题
9 美德可教吗
10 马基雅维利的喜剧
11 回想托克维尔
12 阅读的德性
13 色诺芬的品味
14 政治哲学中的摩西
15 诗学解诂
16 柏拉图的真伪
17 修昔底德的春秋笔法
18 血气与政治
19 索福克勒斯与雅典启蒙
20 犹太教中的柏拉图门徒
21 莎士比亚笔下的王者
22 政治哲学中的莎士比亚
23 政治生活的限度与满足
24 雅典民主的谐剧
25 维柯与古今之争
26 霍布斯的修辞
27 埃斯库罗斯的神义论
28 施莱尔马赫的柏拉图
29 奥林匹亚的荣耀
30 笛卡尔的精灵
31 柏拉图与天人政治
32 海德格尔的政治时刻
33 荷马笔下的伦理
34 格劳秀斯与国际正义
35 西塞罗的苏格拉底
36 基尔克果的苏格拉底
37 《理想国》的内与外
38 诗艺与政治
39 律法与政治哲学
40 古今之间的但丁
41 拉伯雷与赫尔墨斯秘学
42 柏拉图与古典乐教
43 孟德斯鸠论政制衰败
44 博丹论主权

刘小枫集

诗化哲学［重订本］
拯救与逍遥［修订本］
走向十字架上的真
这一代人的怕和爱［增订本］
现代性与现代中国：现代性社会理论绪论
沉重的肉身
圣灵降临的叙事［增订本］
罪与欠
西学断章
现代人及其敌人
儒教与民族国家
拣尽寒枝
施特劳斯的路标
重启古典诗学
共和与经纶
设计共和
古典学与古今之争
卢梭与我们
好智之罪：普罗米修斯神话通释
民主与爱欲：柏拉图《会饮》绎读
民主与教化：柏拉图《普罗塔戈拉》绎读
巫阳招魂：《诗术》绎读

编修［博雅读本］

凯若斯：古希腊语文读本［全二册］
古希腊语文学述要
雅努斯：古典拉丁语文读本
古典拉丁语文学述要
危微精一：政治法学原理九讲
琴瑟友之：钢琴与古典乐色十讲